毎日もらえる追放特典でゆるゆる辺境ライフ！

Mainichi moraeru Tsuihotokuten de
Yuruyuru henkyo life!

2

［著］水都 蓮《Minato Ren》

［イラスト］えめらね

ユキ
ノーザンライトの
観光協会会長の娘。
東方にルーツを持つ。
エスティアーナ
通称エスト。二千年前から
封印されていたが、ブライと
運命的な出会いを果たした。
ブライ
ギルドを追われたお人好し冒険者。
謎のスキル【ログインボーナス】で
人生が一変する。

Main Characters
登場人物紹介
ライト
ブライの追放に
加担した冒険者。
ノーザンライトにも
現れる。
アリシア
聖教騎士団
所属のシスター。
ブライに思いを寄せる。
レオナ
才能豊かな魔導技術者。
辺境の村に
隠れ住んでいる。
ラピス
エルフの血を引く少女。
村の防衛で活躍する。

第一章

【ログインボーナス】と呼ばれる、とあるユニークスキルが存在する。

俺――ブライ・ユースティアは、エルセリア王国の王都スノウウィングにある冒険者ギルド【月夜の猫】に所属していたが、思わぬことでギルド長の不興《ふきょう》を買い、追放されてしまう。仲間であるパーティの面々にも冷たくあしらわれ、行く当てもなくなった俺に目覚めたスキル――

それが【ログインボーナス】だ。

毎日一つ、何かしらの「特典」が与えられるスキルで、城の権利証を始めとして、名馬に馬車、数々の魔導具を授かるようになった。

そして、頭の中に響く謎の声に導かれ、俺が辿り着いたのは、王国北端にあるエイレーンという村だ。

村の人達は度重なる魔族の襲来に疲弊《ひへい》し、苦しんでいたが、それにもかかわらず、彼らは居場所を失くした自分を迎え入れてくれた。何かしら恩返しがしたい。そう思った俺は村を復興させながら、村を襲う魔族と戦い、その過程で新たな仲間を得た。

二千年近くも氷に封印されていた魔道士《まどうし》エスト、エルフと人の間に生まれた弓使いラピス、逃亡生活中の魔導技術者レオナ。みな訳ありだが、頼りになる存在だ。

そして、魔人と呼ばれる存在との激闘の末、どうにか魔族達の大侵攻を食い止めた俺達であったが、そこで国王エドモンドから衝撃の事実を知らされる。本来、魔族の侵入を防ぐべき結界が解かれており、そのせいで村は魔族に襲われていたというのだ。

エドモンドは俺の魔人討伐の実績を見込んで、結界の再構築が完了するまで、北方の防衛に力を貸してほしいと依頼してきた。俺は、エイレーンの復興をしながらであれば、と条件を付けて、その依頼を受けたのだった。

【ログインボーナス】の導きのままに動いてみたが、思いの外大きな話になったものだ。「ログイン」という言葉の意味を始め、謎だらけのスキルだが、一つはっきりしているのは、俺はこの北国暮らしも悪くないと――いや、それどころか気に入り始めているということだ。

＊

エド――エドモンドの愛称だ――から使命を授かり、俺達は新たな故郷とも言うべきエイレーンに戻っていた。例の魔人ガルデウスを倒したお陰か、連日のように押し寄せていた魔族の襲撃も鳴りを潜め、穏やかな日常を過ごしている。

「麦麦麦麦麦麦麦……………麦ばっかで食材がたーりーなーいー!!」

いつも通り、レオナの工房で朝食をとっていると、堰《せき》を切ったように突然エストが大声で叫び始めた。

そう。俺達は、村の抱える深刻な問題に直面していた。

――食料危機だ。

「とうとう村の蓄《たくわ》えが尽きたそうだな。セインさんも困ってた」

「うぅ……毎日パンだけじゃ飽きるよぉ……」

エストはだらりとテーブルにうつ伏せになると、バンバンと机を叩き始めた。

無理もない。今は食料不足で、連日パンをかじっている状態だ。

「行儀《ぎょうぎ》が悪いですよ、エスト」

そんなエストを見兼ねて、ラピスが注意する。

「ラピスちゃんはパンばかりじゃ飽きないの？」

「とんでもない。エストが作ってくれたパンは美味しいですから。飽きるはずありません」

「ラピスちゃぁん……」

その言葉に感極まったエストが、ラピスの胸に飛び込んだ。

確かに、エストの作る料理はうまい。今食べているパンも、オーソドックスなものではあるが、市販《しはん》のものとは段違いだ。外身はさっくり、中身はもっちり、絶妙なバランスの食感が舌を撫《な》でていく。口いっぱいに広がる香ばしい風味は、小麦本来の味をしっかりと引き立たせている。焼き加減と、生地に混ぜるスパイスにこだわった結果だそうだ。

それほどの逸品《いっぴん》なので、俺も別に飽きが来ているわけではない。

「食料か……」

しかし、これからますます寒さが増す時期だというのに、村の備蓄が底を突いたのは深刻な問題だ。

「しばらくは【ログインボーナス】で凌《しの》ぐしかないが、それだけじゃ意味がないよな」

冬の初めだというのに、このようなことになってしまったのも、魔族の襲来によるものだ。

村に強固な防壁を築いたことで、魔族の襲撃に怯《おび》える必要はなくなった。しかし、いくら守りを固めても、先の襲撃で失った家畜《かちく》や畑は戻ってこない。【ログインボーナス】でこの冬を乗り越えたとしても、村の農業、畜産が停止している現状はどうにかしなければならない。

「農地の再生……か。まだまだ課題は多いな」

この寒さの中でも安定して栽培《さいばい》出来る野菜などがあれば、何とかなるのだが……

「なんか、閃《ひらめ》いたかも!!」

その時、エストの頭になにか考えがよぎったようだ。

「なんかって、なんだ？」

「付与術《ふよじゅつ》だよ、付与術。種に《防寒》のルーンを刻んだりしたらいけるんじゃない？」

「ふむ……」

俺は黙り込んで、エストの提案を検討してみる。

「あれ？　私、変なこと言った？」

沈黙を否定と捉えたのか、エストが心配そうに顔を覗き込んできた。

「いや。試してみる価値はあるかもしれない」

ルーンというのは、動物や魔獣、植物などが持つスキルのようなものだ。

《防寒》《毒抵抗》《軽量化》など様々な種類があり、これらは付与術を利用することで、アイテムに付与することが出来るのだ。

「もしかして、エストは付与術が使えるのですか？」

エストの発言にラピスが驚く。

「うん。むしろ得意な方かな」

「そりゃ凄い。付与術士も魔導技術者並みに珍しいからな」

こんな身近に付与術と魔導具に詳しい人が両方いるとは、この村も人材が豊かなものだ。

「ですが、ルーンの確保はどうするのでしょう？」

ラピスがふと疑問を口にすると、レオナがいつもと同じ調子で口を挟む。

「畑に蒔《ま》く量を考えたら、とんでもない量のルーンを確保しないといけないわね」

「あー……」

エストが呆《ほう》けた表情を浮かべた。

どうやらそこまでは考えていなかったようだ。

「村の人達が冬を越すのに必要な量を栽培するだけでも、少なくとも数千は必要になるだろうな」

「それだけのルーンを確保するために討伐してたら、この辺りの魔獣が絶滅しちゃうわね……」

レオナの言う通りだ。

魔獣などからルーンを抽出するには、とても高度な技術と専用の容器が必要になる。抽出自体にも時間がかかるので、必要量を集めるのはとても現実的ではないのだ。

「実際、ルーンの抽出って面倒なんだよね。集中力も要るし、弱い魔獣や植物から抽出しようとすると、だいたい失敗しちゃうし、なるべく大型の魔獣を狙った方がいいかな」

エストがルーンについて軽く説明する。魔獣や植物は体内に蓄えた魔力を練り上げてルーンを生成するそうだ。強力な魔獣は、体内の魔力量も多いので、それだけ上質なルーンが手に入るが、弱い魔獣などはそうはいかない。なので、基本的にルーン集めは強力な魔獣を討伐して行うものらしい。

ルーンを使うのはいい案だと思ったが、そんな根気のいる作業を繰り返して必要数を集めるなど、あまり現実的ではない。

――どうやら、私の出番のようですね。

その時、脳内に無機質な音声が響いた。俺のスキル【ログインボーナス】が発する音声だ。

「まだ呼んでないぞ」

なんとも主張の激しいスキルだ。

――それは悪口でしょうか？

いやいや違いますよ。心の声を読まないでくれ。

「今の声……【ログインボーナス】のですか？」

三人には【ログインボーナス】の機能の一部を使えるようにしているから、今の声はみんなにも聞こえている。

――冗談はさておき、ルーン、もしくはルーンを付与したアイテムの複製は可能です。

「どれくらいのコストがかかるんだ？」

――一般的な植物の種に5マナ、Eランク相当の《防寒》のルーンには10マナ必要となります。

ということは、《防寒》のルーン付きの種だと15マナか。魔導具に比べると随分とコストが低い。

ちなみに、マナというのは魔法を発動させるエネルギーのことで、現在は城や武器といった〝物〟ではなく、この土地から得られるマナを毎日の特典として貰っている。そのマナを貨幣《かへい》代わりにすることで、希望の品に交換できるのだ。

「ちなみに今の一日あたりのマナ抽出量は？」

――5000です。

一日あたり三百個用意してもおつりが来る計算か。

「よし、一つルーンを見付けさえすれば、種と一緒に複製するのは楽勝だ。早速ルーン探しに行こう」

「というわけで、我々探検隊は、雪の吹き荒《すさ》ぶ秘境へとやって来ていたのだ」

エストよ、そのナレーションはなんだ。

俺達は、村から少し離れた場所にある遺跡を訪れていた。

「ここってダンジョンってやつだよね？」

ダンジョンというのは、魔獣や財宝が潜《ひそ》む地下迷宮のことである。大陸に無数に存在し、一定の時間が経つと魔獣と財宝が復活し、中の構造そのものが変化するという不思議な仕組みをしている。

そのため、多くの冒険者や騎士達が経験値稼ぎや、アイテム集めをしによく潜っている。俺も、【月夜の猫】で戦力外通告を受けた時は、ダンジョンに潜って必死に経験値稼ぎをしたものだ。

「もしかして、エストの時代にもあったのか？」

「うん。研究に使う素材を集めたり、危険な実験に使ったりしてたかな」

「ということは、エストの時代に作られたものなのか？」

「ううん、私達がいた頃よりも前らしいよ。使われてる技術が全然違うんだって」

「確かに、エストが封印されてた遺跡とはだいぶ意匠《いしょう》が異なるな。一体誰が、こんなものを作り上げたんだ」

エストが囚《とら》われていた遺跡は、つるつるとした陶器《とうき》のような質感の材質で出来た空間であった。先史文明時代の遺跡は、そうした材質で作られた小綺麗《こぎれい》な外観をしているものが主だ。

しかし、ダンジョンにそういった共通点は見られない。遺跡《いせき》、洞窟《どうくつ》、森林、火山など、中の様子は様々で統一感がないのだ。おまけに時間経過と共に魔獣や財宝が生成され、内部構造を自由に変えるなど、あまりに非常識な造りをしている。

「まあ、確かに不思議な場所だけど、色々と便利だからそれでオッケーじゃない？」

あれこれと考え込む俺に対して、エストは随分と脳天気というか前向きであった。

確かに、俺の頭で考えても分からないことなので、そういうのは気に留めない方が建設的だ。

ここは彼女のお気楽さを見習うこととしよう。

「エストの言う通りだな。俺達の目的は考古学《こうこがく》じゃなくて、ルーン採集だ。今回はエストの協力が必要不可欠だからな。よろしく頼むよ」

「うん」

そうして俺達は、ダンジョンの中へと足を踏み入れていく。


今回挑むダンジョンは、氷窟《ひょうくつ》とも言うべき空間であった。

細く長く伸びる氷柱《つらら》の数々、波のようにうねった模様を描く岩壁、そして地面いっぱいに張られた氷、寒冷地にぴったりなダンジョンである。

「うへぇ……かなり寒いねここ」

エストは洞窟の奥から流れる冷気に、思わず身を震わせる。

「氷の魔術が得意なのに寒さが苦手なのか？」

「関係ないよ!!　ブライだって雷に打たれたら痛いでしょ!!」

「それは……」

エストの返答に、俺は言葉を濁《にご》してしまう。

「え？　平気なの……？」

「いや、そうじゃない……ただ昔、雷の魔法を習得するなら、実際に打たれるのが一番だって言われて雷撃を浴びせかけられたことを思い出して……」

嫌な記憶が蘇《よみがえ》り、汗がじわりとにじみ出る。

「え……なにそれ……」

エストがドン引きしていた。

「身寄りのない俺を引き取ってくれた師匠とも呼べる人なんだけど、とにかく厳しい人でな。崖《がけ》から突き落とされたかと思ったら、暗い森で一ヶ月サバイバルをさせられたりとか、生きるために色々仕込まれたんだよ」

「うわぁ……スパルタだね……」

「生きる術《すべ》を叩き込んでくれたことには感謝してるが、あんな目に遭《あ》うのは二度とごめんだ……」

「今はその人何してるの？」

「分からん。自由な人だからな。ある日、独り立ちの時だ〜とか言っていなくなったんだ」

「へぇ〜、変な師匠さんだね」

「まあ、あの人のことはいいだろう。いずれ紹介する機会があればいいけど、会えるかどうかも分からないしな」

それよりもまずはルーン集めだ。根気のいる作業なので長期戦になるだろう。

「確か、強力な魔獣からじゃないとほとんど採集出来ないんだよな？」

「うん。弱い魔獣だとルーンの成熟が不十分で、すぐに壊れるからね」

エストと雑談しながら洞窟を進んでいると、一面に氷が張ったエリアへと出た。

「これじゃ足が滑《すべ》って戦いづらいな。エスト、魔術でなんとか出来たりしないか？」

「うーん……無理!!」

いい返事だ。出来ないことははっきり出来ないと言う方が好ましい。

「というか、ブライの【ログインボーナス】はどうなの？」

「確かに。こういう時こそアレの出番だな」

俺は頭の中で念じて【ログインボーナス】を発動させる。

――【開発】を実行いたします。マナ消費量を選択してください。

確か、【開発】に使えるマナの上限は1000だったはずだ。

出てくる魔導具は大抵D、Eランク。B以上は疎《おろ》か、Cランクのアイテムが出ることすら稀《まれ》だ。

だが、氷上を歩くだけならそれほど高ランクのアイテムでなくても大丈夫だろう。

そういうわけで、上限までマナを消費することとした。

――ダンジョン内での発動なので、3000マナまでご使用いただけますが、いかがしますか？

ん？　ダンジョンの中だと仕様が変わるのか。

――ダンジョン内の魔力を活用し、通常よりも高機能な【開発】がご利用いただけます。

「へぇ、すごいね。でも、ダンジョンとブライのスキルに何の関係があるのかな」

「まあ、このスキルが謎だらけなのはいつものことだからな。とりあえず、試してみよう」

俺は3000マナを消費して【開発】を実行する。

すると、目の前に蒼白《あおじろ》い光が浮かび上がり、靴のような形に変化していった。

「これは……」

【鑑定眼】を発動させてアイテムを調べるが、これといって情報は得られない。

どうやらこれもBランク以上のアイテムのようだ。

「ちょうどブライが履《は》けそうなサイズだね」

「早速、試しに履いてみるか」

俺はブーツを足下に装備すると、辺りを歩いてみる。

「おお、おお、な、なんだこれ……凄い……凄いぞエスト!!」

「ちゃんと説明してくれないと分からないよ。どんな感じなの？」

「なんだろうな。どんなにでこぼこした地面でも、真っ平らな道を歩いてるような感覚になるんだ。地面から少し浮いてるような心地だ。多分これなら氷の上を歩いても大丈夫だろうな」

そのまま氷の上を歩いてみる。

まるで靴裏に滑り止めが貼られているかのように、俺の足はきゅっと氷の上で止まった。

「それっぽく説明するなら『地形効果を無効化する』って感じか？　これがあれば洞窟探索もなんとかなるだろうな」

「それなら私はどうすれば……？」

「【複製】しておこう。コストは掛かるが、魔人を追い払った時に大量のマナを手に入れたから、大丈夫だろう」

――このアイテムを【複製】する場合、マナを12000消費しますがよろしいでしょうか？

12000消費ってことは、もしかしてこれ、Aランクのアイテムなのか？

――そうなります。

手持ちのマナは約５００００あるので払えなくはないが、やはり【複製】のコストは重いな。とはいえ、ここで消費しても問題はない。俺はエストの分を用意すると、改めてダンジョンの奥へと歩いていく。


「あははは、すごーい!!　見て見て～全然滑ってない」

つるつるとした氷の上で、エストがくるくると舞い踊っていた。俺が生成したブーツのお陰で、彼女は足を滑らせる様子も見せずに、すいすいと洞窟の奥へと進んでいく。

「あまりはしゃぐなよ。魔獣もいるからな」

言ってる側から、コウモリ型の魔獣が数十飛来してきた。全身に冷気を纏《まと》っていることから、氷属性の魔力を持つ種のようだ。

「分かってる、分かってる」

一方のエストは、慌てた素振りも見せず、指先に魔力を込めると宙に陣を描いた。そして、周囲に銀色の魔力光をふりまいたかと思うと、コウモリ達を一瞬で凍り付かせてしまった。属性的には相性が悪いはずだが、エストの腕の前では関係ないようだ。

「うーん、かなり加減したけど、一瞬で凍り付いたし氷耐性は高くなさそう」

さて、彼女を連れてきた理由はこれだ。

魔獣からルーンを抽出するには時間と手間が掛かる。なのでエストの魔術で、氷への耐性を持ってないか当たりをつけながら採集しようという方針なのだ。そうして洞窟内の魔獣を狩りながら、

俺達は奥へと進んでいく。

しかし、目当てのルーンは手に入らず、ついにはダンジョンの最奥《さいおう》にまでたどり着くのであった。

「全部ハズレだったね……」

「ああ、中型種で氷に強い魔獣はいたけどなあ……」

いざ討伐して、エストが抽出の魔術を掛けると、抽出を終える前にルーンは砕け散ってしまったのだ。やはり大型の魔獣でないと、うまく抽出出来ないようだ。

「後はこの扉の先か」

そこにはずっしりと大きな扉が待ち構えていた。

これはいわゆる「ボス部屋」と呼ばれる空間に繋がる扉で、ボスというのは、並の魔獣とは比較にならないほどに強力な魔獣のことである。

「これでダメならまた入り直しだな」

ボスが撃破されてから一時間後に、ダンジョンは内部が再構成される。なので、今回ダメならまた挑戦することも出来る。出来ればこの一回で済めばいいのだが。

「とりあえず、ボス倒そっか？　ブライとなら二人でも倒せるよね？」

ボスといってもピンキリだが、ここのダンジョンはそれなりに危険なボスが控えている。

普通であれば綿密《めんみつ》な準備と数を揃えて、対処する相手だ。とはいえ、魔人ほどの相手が出てこなければ、俺とエストでなんとかなるだろう。

「油断は禁物《きんもつ》だぞ」

「りょーかーい」

エストの気の抜けるような返事を合図に、俺達は扉の向こうへと足を踏み入れる。


「綺麗……」

エストが感嘆の声を漏らした。

扉の向こうに広がっていたのは、広大な地底湖《ちていこ》であった。

「凄いな。洞窟の奥深くだってのに、全然暗くない」

辺りに結晶化《けっしょうか》した魔力の粒子《りゅうし》が漂《ただよ》っていた。淡《あわ》い緑の光を放ちながら、まるで雪のように舞う魔力光が、暗い洞窟を隅々《すみずみ》まで照らしているのだ。

「見て、ブライ。湖にも粒子が浮かんでてすごく綺麗」

「ああ、そうだな。ダンジョンは色々と潜ってきたが、ここの景色は格別だ」

しかし、綺麗な景色にばかり見とれているわけにはいかない。

「エスト、上だ!!」

わずかに殺気のようなものを感じると、俺は勢い良く地面を蹴って、エストの前に飛び出した。

同時に、雷を纏った剣を思い切り振り下ろす。

「グゥオオオオオ！！！」

振り下ろした斬撃が、急降下してきた魔獣を弾き飛ばした。タイミングはバッチリのようだ。

直後、俺はエストを抱えて後ろに下がり、魔獣と距離を取る。

「ここはボス部屋だからな、観光は後だ」

「あ、ありがとう……」

力強い羽音が部屋中に響く。先ほどの魔獣が、巨大な翼をはためかせながら宙を漂っていた。

びっしりと詰まった緑の鱗《うろこ》、長く伸びた漆黒《しっこく》の爪、そしてこちらを睨《にら》みつける鋭い眼光。

「ブ、ブライ、あれ古代竜《エンシェントドラゴン》だよ!?」

エストの腰が引けている。彼女ほどの魔術の使い手でも、古代竜《エンシェントドラゴン》は恐ろしい相手なのだろうか。

「まさかあんなのが湧《わ》くほどのダンジョンだったとはな……」

ドラゴンの中でも古代竜《エンシェントドラゴン》は最上級の存在だ。その鱗は並の攻撃を無効化し、生命力も無尽蔵《むじんぞう》だ。

その爪や、口から吐くブレスは、優れた防具でも紙切れ同然に破壊してしまうほどの破壊力を秘めており、純粋な戦闘力では上級魔族どころか、魔人に匹敵《ひってき》するだろう。

「まあ幸い、子どもの古代竜《エンシェントドラゴン》みたいだが……」

目の前の個体は同種の中ではかなり控《ひか》えめだ。体長は俺の二倍ほどしかないし、魔人ほどの強さではないだろう。

「そ、そうなの？　それなら楽勝？」

「楽勝とまではいかない。とりあえず俺が攻撃を引き付けるから、エストは援護を頼む」

俺は小手調べに剣に纏った雷撃を古代竜《エンシェントドラゴン》に放った。

しかし、竜はその場で急旋回《きゅうせんかい》すると雷撃をあっさりと振り払ってしまう。そして、その勢いのままこちらへ飛翔《ひしょう》すると、鋭い爪を振り下ろした。

「っ……」

俺は剣を振るい、爪の一撃を真っ向から受け止める。

「なんて重い一撃なんだ……」

蒼銀《そうぎん》の剣でなければあっさりと折られていたかもしれない。実際、こうして受け止めているだけでも凄まじい重圧を感じる。

「ブライ、援護するよ」

エストの掛け声と共に冷気が竜を包むと、氷柱が次々とその身体に射出された。

「グルゥウウ……」

一瞬、古代竜《エンシェントドラゴン》が怯んだ。俺は爪を弾くと、その隙を見逃さずに胴に一撃を見舞った。

「ガァアアアアアアア!!!」

鱗に阻《はば》まれて致命傷《ちめいしょう》は与えられなかったが、わずかに傷を付けることに成功する。まさか自分が傷を負わされるとは思わなかったのか、竜は反射的に距離を取った。

「ブライの攻撃、効いてるみたいだね。でも、魔術は効きが悪いかも……」

「鱗が威力を軽減させてるんだろうな。様子見してないで、全力で倒しにかかった方が良さそうだ」

直後、竜が顎《あご》を天に向けた。

「まずい……ブレスが飛んでくるぞ」

古代竜《エンシェントドラゴン》の無尽蔵とも言える魔力から生成される強力な熱線だ。当然、防御など無意味で、確実に避けなければ致命傷になりかねない。

「グォオオオオオオオオオオオオオ！！！！！！」

やがて、咆哮《ほうこう》と共に火炎を纏った吐息が吐き出された。俺は咄嗟《とっさ》にエストを抱えて全身に雷を纏うと、稲妻《いなずま》の如《ごと》き速さで吐息を回避する。

直後、俺達の立っていた場所が、まるで火にあぶられたバターのようにどろりと溶けてしまった。

「う、うわぁ……まともに食らってたら、私達どろどろに溶けてたよ……ありがとうブライ」

跡形もなく溶け去った地面を見て、エストが冷や汗を浮かべる。

「回避なら俺に任せてくれ。それと、どうにかしてあいつに近付く方法を考えないと」

先ほど傷を付けられたことで警戒しているのか、竜は近付いてくる気配を見せない。

直後、竜の周りにいくつもの魔法陣が浮かび上がった。それらはゆっくりと回転しながら発光すると、こちらに光弾を放ってくる。

「っ……数が多いな……」

無数の光弾を剣で捌《さば》きながらぼやく。ブレスほど致命的な一撃ではないが、数だけは大したものだ。

「ブライ、あのチュドーンってやってババーッてやるやつで倒せない？」

「チュドーンババーッってなんだ……？」

「あれだよ、あれ。魔人を倒した時のチュドバッってやつ」

「チュドバッって……一応《雷霆剣《らいていけん》》っていう技名があるんだが……」

どうやら、雷を剣に蓄えて相手にぶつける剣技のことのようだが、エストの語彙力《ごいりょく》よ……

「そうそう。そのなんとか剣だ。それは使えないの？」

「……ここは地下だから難しいな」

自然の力を借りることで己の魔力以上の力を引き出せるのがあの技の利点だが、それだけ縛《しば》りも多い。《雷霆剣》は、その特性上、開けた空間でしか使えないのだ。

「うーん、魔術だと効きが鈍いし……あっ、そうだ。いいこと思いついたかも」

「いいこと？」

エストはそっと俺の耳に手を当てると、こしょこしょとある提案をする。

別に誰にも聞かれてないんだし、そんなことしなくても……と思うが。

「という感じで行こうと思うんだけど、どう？」

「そうだな。悪くはないと思う。あの鱗さえなければ、魔術も通るだろうしな」

エストの提案を受けて、俺は地面を駆け抜ける。

「それじゃ、足場を作るよー」

同時に、エストは地底湖の水から足場を生成した。それは竜の方へと続いており、俺はその上を渡って一気に距離を詰めていく。

竜は再び光弾で迎撃しようとするが、その前に俺はエストの用意した別の足場に跳び乗り、かわしていく。そして、鱗の薄い腹部目がけて跳び掛かると、思い切り剣を突き刺した。

「グォオオオオ!!」

苦しそうな雄叫《おたけ》びをあげながら、竜は身をよじって俺を振り払う。そして、宙に投げ出された俺にブレスを吐きかけようと顎を天に向けた。無防備な空中では回避も難しい。

だが、ここまでは読み通りだ。

「ブライ、これ使って!!」

「ナイスタイミングだ」

ブレスが直撃する寸前、俺はエストの生成した足場を踏んで跳躍《ちょうやく》し、難なくそれをかわすのであった。

「よし、傷は付けた。エスト、あとは頼んだ」

「うん、任せて!!」

エスト渾身《こんしん》の冷気が俺に向かって解き放たれた。もちろん、誤射《ごしゃ》ではない。

俺は雷の代わりにエストの冷気を剣に纏うと、先ほど付けた傷口に斬撃を叩き込む。

「ギャァアアアアアアアアア！！！！！」

傷口から直接、冷気を注がれては、さすがに耐えられないようだ。竜は断末魔《だんまつま》の叫びを上げると、全身を凍結させて湖面へと落下し、砕け散った。

「ふぅ……」

俺は氷の足場に着地すると、ひと息ついた。

「エスト、いい援護だったぞ」

「へへ、でしょー」

援護のタイミングは完璧だった。俺が欲しいと思った時には、次の足場が足下に展開され、かなり息の合った連携が出来た。

「それじゃ採集といくか」

俺はエストを伴《ともな》ってドラゴンの死体へと近付いていく。


「さて、戦利品はこんなもんか」

《竜の鱗》《竜の爪》《竜の翼》《竜眼》《竜の心臓》《極上の竜の肉》etc…

鱗は防具、爪は武器、肉は食用と、竜には様々な使い道がある。

売却すればかなりの値段になるだろうし、村で加工してもいいだろう。

「ねえねえ、ブライ。この宝石みたいなのは？」

エストが地面に転がった、紅《あか》く輝く石を指差した。

「……これはラッキーだな。多分、竜石《りゅうせき》だ」

「竜石？」

俺は竜石について、エストに一通り説明することにする。

ドラゴンには貴石《きせき》を腹に蓄え、消化の補助とする習性がある。呑み込まれた貴石は竜の魔力を浴びて、色の深みが増し、極めて希少で高価な宝石となるのだ。

色ツヤを見るに、このドラゴンが呑み込んだのは紅玉《ルビー》の原石なのだろう。

「しかし、よく見付けたな。サイズは決して大きくはないが、これだけでもかなりの高値が付くはずだぞ。いい拾いものをしたな」

「へへ、目には自信があるからね」

さて、戦利品の確認はこんなものだろう。あとは、ドラゴンからルーンを抽出するだけだ。

「エスト、抽出を頼む」

「うん、任せて。マギカコード《ルーン・エクストラクト》・承認」

エストが呪文を唱えると、ドラゴンの死体の一部から、淡い緑の光が浮かび上がった。

「うー………」

唸るような声を発すると、エストは極めて真剣な表情で淡い光を見つめる。やがて光は球体の形にまとまり、エストが取り出した結晶の方へとゆらゆら漂っていく。

ルーンは大気に触れると容易に霧散《むさん》してしまう。今エストがやっているのは、ルーンを抽出して、それを霧散させることなく移動させる魔術だ。かなり繊細《せんさい》な魔力操作が必要とされるため、見ている以上に集中力の要る作業だ。

「…………で、出来た」

ルーンの光が結晶の中に吸い込まれ、エストは額の汗を袖で拭った。この結晶は《ルーンクリスタル》という、魔物の体内のルーンを保管するためのアイテムだ。

エストはゆっくりと立ち上がると、手に持った結晶をこちらに見せてくる。

「なんとか、うまくいったよ。でもこれ、なんのルーンなんだろ」

《ルーンクリスタル》には、ルーン文字と呼ばれる独特な紋様《もんよう》が浮かび上がる。そのルーンが持つ効果を示したもので、この紋様を見分けることでルーンの効果を知ることが出来るのだ。

「ダメだな。俺の【鑑定眼】じゃ、ぐにゃぐにゃと揺れて、文字の形すら分からん」

「それってかなりレアなルーンってことだよね？」

今の俺の【鑑定眼】スキルはBランクにまで伸びている。それで見抜けないのであれば、Aランク以上の代物であることは間違いない。

「古代竜《エンシェントドラゴン》が持ってたものだ。当然、強力な効果に違いないだろうな」

「でもそれだと、野菜の種に付与するってのは難しそう。多分、ルーンの力に耐え切れなくて、種が自壊《じかい》しちゃうんじゃない」

ルーンは不釣り合いな器《うつわ》に付与しても意味はない。Aランクほどのルーンであれば、それなりに上質な鉱石を加工した武具などでなければ、エストの言ったように器の方が耐えられないのだ。

今回は野菜の品種改良にルーンを使いたい。そうなると欲しいのは手頃なルーンだ。

「ルーン探しはとりあえず不発か。まあ古代竜《エンシェントドラゴン》を仕留めたんだからリターンは大きかったけどな」

俺達は爪や鱗、心臓などの高価な部位と、肉を持てるだけ持っていくことにした。丸ごとは難しいが、ある程度の量なら、ダンジョンの入り口で待つ愛馬のロイが引き摺《ず》ってくれるはずだ。

「戦果は上々だね」

「ああ。とりあえず一旦村に帰って、ダンジョンが再構築されるのを待つか」

そうして、俺達は洞窟を後にしようとする。すると……

――おめでとうございます。アルビオンダンジョンを解放しましたので、以下の機能をご利用い

ただけます。

【転移門の解放】

備考：各地のダンジョンと通じる転移門を、城に設置出来ます。

【マナゲートの敷設】

備考：城の転移門と攻略済みのダンジョンを接続します。一つのダンジョンにつき10000マナを消費します。

「また、新しい機能が解放されたみたいだな」

前も魔族の討伐後に、新機能として城の地下に工房が解放された。【ログインボーナス】は、エイレーンの復興に連動して様々な機能が使えるようになる仕組みらしい。

「今回は転移門だって。なんだか便利そうだね」

「ああ。【転移】の魔法が使える人間なんてほとんどいないからな。それが利用出来るならこれほど便利なことはないな。早速――」

「今だ!! 取り囲め!!」

【ログインボーナス】を起動しようとした瞬間、数十人の冒険者達がぞろぞろとボス部屋になだれ込んできた。物々しい重装備に身を包んだ彼らは、統率《とうそつ》の取れた動きで、あっという間に俺達を包囲する。

「二人組の魔族か。ここのボスはドラゴンだって聞いたが………って、あれ？」

リーダーと思《おぼ》しき大男が、間の抜けた声を上げた。そして、兜《かぶと》を外すと、警戒を解いてこちらに近付いてくる。

「いやいや、誰かと思ったらブライとエストちゃんじゃねえか」

俺達を取り囲んだ一団のリーダーは、俺の古巣【月夜の猫】の戦士ガルシアであった。

＊

「まさか、二人が先に入ってたとはなあ。どうりで魔獣がほとんどいなかったわけだ」

そう言ってガルシアが豪快《ごうかい》に笑う。

「しかし、結構気合い入れて準備したんだが、空振《からぶ》りになっちまったな」

そっとため息をつくと、ガルシアは肩に乗せていた巨大な戦斧《せんぷ》を地面に下ろした。

「ドラゴンキラーの武器に耐火装備の鎧《よろい》か？」

ガルシア達の持つ禍々《まがまが》しい赤色の武器は、竜殺しの特性を秘めたものだ。値は張るが、ドラゴンの硬い鱗を容易《たやす》く剥《は》がしてしまうため、対竜戦闘でよく使われる。仮にも相手は魔人にも迫る戦闘力を持つ古代竜《エンシェントドラゴン》だ。ガルシアも十分すぎる対策を取ったのだろう。

「ああ、まあな。今回の依頼は竜の心臓だからな」

依頼品の中では最上級の品だ。どうやら、大口の依頼を請《う》けたようだ。

前回の騒動で、結果的に、【月夜の猫】が請け負うはずだった国王の依頼を、横取りする形となってしまって気がかりであったが、この様子ならそこまで経営には響いていなさそうだ。

「しかし、まさか二人で古代竜《エンシェントドラゴン》を倒しちまうなんてな。こっちは三十人掛かりで準備したってのに、随分と差を付けられたもんだ。なあ、ミレイ」

ガルシアが側にいた栗毛《くりげ》の少女に声を掛けた。

「そうですね!! さすがブライさんです。魔人を倒しただけあります!!」

栗毛の少女は、はつらつとした声を上げると、ずいっと俺の方へと迫ってきた。

「ガルシア、彼女は？」

ギルドメンバーの顔と名前は一通り覚えているが、少女の顔には見覚えがなかった。

いや……魔人と戦った時にちらりと見かけたような気がする。新入りだろうか？

「ああ。こいつはミレイって言ってな。お前が抜けてから加入した新人だ」

「ミレイです。よろしくお願いします!!」

ミレイが勢い良く頭を下げる。見た目だけならお嬢様《じょうさま》っぽい雰囲気だが、言動はなかなかエネルギッシュな人物だ。

しかし、そうか。エドと同じで、俺が抜けた後のメンバーだったか。

「本当は冒険者なんて危ないからやめて欲しかったんだけどな」

側にいる眼鏡《めがね》を掛けた青年が、ツンケンした様子で言った。彼には見覚えがある。確か、俺が抜ける少し前に加入した、リックという青年だ。彼の言い方からすると、二人は以前からの知り合いのようだな。

「私だって、自分を守れるぐらいの力が欲しかったの!!」

「だからって、竜の討伐にまでついてくるなんて、無茶だ!! 自分の立場を考えてくれ」

リックはただならぬ様子でミレイを咎める。どうやら、なにか事情がありそうだ。

「あの二人、なにか訳ありなのか?」

「ああ。この二人に関しては色々あってな。あまり詮索しないでくれや。おっと、そういえばミレイはこいつになにか用があったんじゃないか?」

「用?」

顔を合わせたことはないので、当然心当たりはないが……

「えっと……その、実はブライさんにずっと言いたいことがあって……」

さて、その新人のミレイなのだが、なにやらもじもじとした仕草を見せた。

「その……あの時は本当にありがとうございました!!!」

すると、少女は大きな声を上げながら、深く深く頭を下げたのだ。

「あの時?」

魔人戦のことを言っているのだろうか? しかし、これといって感謝されるようなことをした覚えはない。

「あのガルデウスという魔人の攻撃で先輩達がやられたとき、私、怖くて逃げ出したんです。けど、ブライさんはそんな相手にも臆《おく》せず戦って……とても、かっこよかったです!!」

「良かったな、ブライ。ミレイはあの時から、お前のファンになったんだとよ」

「ファ、ファン？　さすがに、恐れ多い」

さすがに持ち上げすぎだ。実際はかなり手こずって、ぼろぼろのぼろ雑巾《ぞうきん》になっていたので、そんな風に言われるのはかなり気後《きおく》れする。

「へぇ……ファンだって……」

困惑していると、エストがニヤけた表情を浮かべながら、意地の悪そうな視線を寄越《よこ》してきた。

「なんだ、そのジトーっとした目は」

「いえいえ、別にー。ブライさん、モテモテですなーと思って。このこのー」

エストが肘《ひじ》をくいっくいっとぶつけてくる。

くっ、こいつからかってやがる……そっちがその気ならこちらも仕返しをしてやろう。

「まあ、そのなんだ……礼ならここの、ここの!!　エストにも言ってやってくれ。エストがいなかったら、俺の命もなかったからな」

そうして、俺はエストを前に突き出す。

「え、えっと……ブライさん？　急にそんな、持ち上げてどうしたんです？？？」

突然のことに、エストが照れたような、困惑したような表情を見せる。

「あ、自分、見ました!!　ブライさんが最後にあの魔人を貫《つらぬ》く寸前、大空を覆《おお》わんばかりの冷気が魔人を包んだのを!!」

「そうだ。最後の一撃が届いたのも、ここのエスト先生が全力でサポートしてくれたからだ」

「い、いや、あれはレヴェナントさんとラピスも手伝ってくれ――」

「エストにはずっと世話になりっぱなしだ。俺が途方に暮れていた時も、魔族の襲撃に苦戦した時も、今の古代竜《エンシェントドラゴン》戦だってな。本当にエストと出会えて良かったよ」

「も、もう、やめてって、恥ずかしいから……その、さっき、からかったのは謝るから!!」

エストが顔を真っ赤にさせながら、俺の腕を引っ張る。

「おうおう、仲のいいこって……おじさん、モテないからちょっと羨《うらや》ましくなるぜ」

そんな俺達の様子を見て、ガルシアがため息をつく。

「ガルシア先輩、元気出してください!! その面倒見のいい性格なら、いつか先輩がいいっていう物好きな人に出会えますよ。めげずに頑張ってください!!」

「ミレイ、全然慰《なぐさ》めになってないぜ……」

ガルシア、相変わらずモテないのか。

性格は悪くないが、この暑苦しい雰囲気はウケが悪いのだろう。そういえばたまに、ギルドの女性冒険者が噂しているのを耳にしたことがある。悪い噂だが……

「だが、まあ……俺が言うのもなんだが、ブライにいい仲間が出来て良かったと思うぜ。クビはさすがにやりすぎだと思ったからな」

「ガルシア……」

そういえば、ライトが俺の追放を決めた時、ガルシアは渋っている様子だったな。あまり物事を深く考えないように見えるが、こいつなりにあの時のことを気にしていたということか。

「今更、言っても仕方ないが……ブライ、あの時はライトを止められなくて、すまなかった‼」

ガルシアが深々と頭を下げる。

「頭を上げてくれ。別にお前が言い出したことじゃないだろう？　それに……」

俺はちらりとエストの方を一瞥《いちべつ》する。

「ん？　どうしたの？」

エストが首をかしげる仕草を見せる。

「結果的に追い出されて良かったってことだ。エストにラピス、レオナ、セインさんに村のみんな。今の俺には心強い仲間がいるからな。だから、ライトに追い出されたことぐらい、なんてことない」

ギルドを追われた時は先行きも分からず、追い出したギルドへの怒りでいっぱいだった。

きっと、あの時の俺だったら、ガルシアの言葉を受け入れられなかっただろう。だが、今の俺は怒るどころか、日々が充実している。むしろ、追い出してくれたことに感謝してるぐらいだ。

「ともかく、これでお前と俺との遺恨《いこん》はなしということにしよう。第一、あれはギルド長やライト、セラが言い出したことだ。少なくともガルシアがこれ以上、思い悩む必要はない」

「ありがとうな……」

ガルシアがぼそりと呟《つぶや》いた。

「しかし、ブライ。お前、本当に変わったな。前は、もう少しギラついてるというか、なんだか取っつきにくい雰囲気だったが」

「そうか……？」

しかし、思い返してみればそうかもしれない。あの時の俺は、パーティから外され、焦《あせ》っていた。いくら修業しても、ステータスが上がらないことに苛立《いらだ》っていたのだろう。

「でも、今はいいよなあ。お嬢ちゃんみたいなかわいい子達と一緒で、いつの間にか魔人を倒せるほどに強くなってるしよ」

「か、かわいいって……へへ、ブライ。ガルシアさん、いい人だね」

「なんだ？　前は【月夜の猫】は嫌な人ばっかだとか言ってた気がするが」

「そ、それは、あの人達が許せなかっただけで、別にギルドの人全員がどうってわけじゃ……」

まあ、あの時のギルド長達の態度は、見ていて気持ちのいいものではなかった。エストがそう感じるのも、無理はないだろうが。

「魔人を倒した……ね。ガルシアさんは、まだそんな与太話《よたばなし》を信じているんですか」

不意に、リックが不機嫌そうな物言いでぼそりと呟いた。

「おいおい、リック。お前、もしかしてまだ疑ってたのかよ」

「だって、そうでしょう？　万年お荷物、経験値泥棒、真面目だけが取り柄《とえ》の会計役。そんな男が、魔人を倒した？　何かの間違いでしょう」

「ちょ、ちょっと、さすがに失礼じゃない？　メガネの人」

リックの言葉を聞いて、エストがずかずかと前に出た。

「メ、メガネ？　僕にはリックという名前があります。失礼なのはそっちですよ、頭のゆるそうなお嬢さん」

「ゆ、ゆるそう⁉　なんてこと言うの⁉　ガルシアさんを見て、いい人もいるんだなって思ったのに」

珍しくエストが頭に血を上らせている。俺のために怒ってくれるのは嬉しいが、さすがにこんなところで揉《も》めないで欲しい。

「ああ……その、エスト。とりあえず、落ち着こう」

「リックもだぜ。そんな風に挑発するなんてらしくないぜ」

俺とガルシアは一旦《いったん》、二人をなだめる。

「すまんな、ブライ。あの時、俺とこいつは気絶してたからな。お前が魔人を倒したってのも、エドから聞いただけなんだ。もちろん、俺は疑ってねえけど、リックみたいに信じてない奴もいるってわけだ。それに、こいつにも色々事情が……」

「ガルシアさん‼　余計なことをペラペラ話さないでください」

「お、おう、悪い悪い」

リックは、確か若手ではかなり腕の立つ剣士だったはずだ。愛想《あいそ》は良くないものの、基本的には丁寧な物言いの青年だったのだが、いつの間にか随分と嫌われてしまったようだ。

「まあ、俺は別に気にしてはいない。それよりも一旦、ここを出ないか？」

「ん？　おお、そうだな。中のボスが復活するのを待たなきゃいけないしな。しかし、古代竜《エンシェントドラゴン》が相手か……俺らで倒せるのだろうか」

そうか。この後、ガルシア達はあのドラゴンと戦うわけか。さすがにこの人数で攻めればなんとかなるだろうが……それでも、かなり厳しい戦いにはなるだろうな。

「ねえ、ブライ」

その時、エストが俺の服の裾《すそ》を引っ張った。

「ん？　なんだ？」

「さっきのルーンのことだけど、取引しない？」

「取引……？」

エストはうんと頷くと、俺の耳に手を当ててこしょこしょと話し始める。

「本当にいいのか？　この心臓、俺達が貰っちまって？」

エストの提案とは、採取した竜の心臓と、ガルシア達が溜め込んでいる耐寒《たいかん》のルーンの交換であった。

「ああ。どうせ、俺達には必要のないものだしな。それにルーン集めって意外と骨が折れるんだよな」

「うんうん。抽出って集中力と魔力が要るから、肩凝《こ》るしね」

そう言って、エストが肩を揉みながら首を回してみせる。

ルーン集めで必要なのは根気だ。目当てのものが出るまで忍耐強く探索し、抽出が失敗してもめげない心がなければ、すぐに挫《くじ》けそうになる。

そのため大抵の冒険者ギルドには、意識的にルーンを集める習慣がある。多くの冒険者を動員して、依頼をこなすついでにルーン採取を行わせるのだ。【月夜の猫】でも低ランクのルーンならそれなりに取り揃えているし、俺とエストで集めるよりも彼らに頼る方が効率はずっといい。

「いや、でもやっぱ受け取れねえ。心臓貰うのに、こっちが差し出すのが耐寒のルーンじゃ、さすがに釣り合いが取れねえ」

なにかと大雑把なイメージのガルシアだが、こういうところは、意外ときっちりとしている。

確かに、竜から一つしか取れない部位と下位のルーンでは、レートはまったく釣り合っていない。俺達にとっては悪くない交換条件だが、それではガルシアが納得しないだろう。そうなると……

「なら、こういうのはどうだ？　基本的に俺達だけじゃルーン集めはなかなかしんどい。だから、今後は俺達が希望するルーンをガルシアに提供してもらう。そういった契約を結ぶなら釣り合いは取れるんじゃないか？」

「俺達と取引関係になるってことか？」

「まあ、そういうことだ」

継続的にルーンを提供してもらう取引なら、心臓ともそれなりに釣り合うだろう。

「いいのか？　仮にも自分を追放したギルドと取引なんて」

「なんだ、そんなことを気にするのか？　俺は構わない。使える者は親でも使えって言うだろ？」

「なるほどなあ……お前、そういうところは合理的だよな。分かった。ギルド長に掛け合っておくよ。心臓が手に入るならギルド長も喜んで応じるだろう。とはいえ、お前の名前を出すと話がこじれそうだから、そこはぼかしておくが」

「ああ、それでいい。よし、取引成立だな」

俺はガルシアと握手を交わす。ガルシアが窓口とはいえ、まさか【月夜の猫】と契約を結ぶことになるとは思わなかった。とはいえ、ルーンの安定した仕入れ先が得られるなんてラッキーだ。今後はダンジョン周回などしなくて済みそうだ。

「よし、じゃあ。そろそろ出るとしようぜ。それと……良ければ、戦利品の運搬《うんぱん》を請け負うがどうする？　なに、代金はこの心臓で十分貰ってるからな。タダでいいぜ」

「そうだな。さすがに竜の死骸《しがい》を俺だけで運ぶってのは……」

「ブライー？　もしかして、全部自分で運ぶつもりだったの？」

エストが少しむすっとした表情でこちらを見てきた。

「そりゃ、女の子にこんな重い荷物運ばせるのは気が引けるだろう？」

「そ、そういう気遣いは嬉しいけど、でも、私としてはもっとアテにして欲しいかなーって」

おぉ、なんていい子なんだ、エスト……少し泣いてしまった。心の中で。

「あぁ……えっと、それで、俺達の手はいるか？」

なんだか呆《あき》れたような視線を、ガルシアから感じる。

「そうだな。折角だから頼むことにしよう。エストもそれでいいよな？」

エストの申し出は嬉しいが、それはそれとして使える手は多い方が良い。

「うん。それは、異論なし」

「よし。じゃあ、剥ぎ取った戦利品を……」

――リーン。


その時、鈴を鳴らしたような涼やかな音が洞窟に響いた。

「なんだ、この音……？」

「音？　なんにも聞こえねえけど」

「私も聞こえない」

なんだ、俺にだけ聞こえる音？　耳鳴りか何かか？


――リーン。


「っ……また……」

二度目の音が鳴り響いた。さすがに、幻聴ではないだろう。

「いやいや、俺にはなにも聞こえ……って、ブライ。お前凄いことになってるぞ!?」

「凄いこと？」

「ひ、光ってる……ブライ、めっちゃ光ってるよ!!」

「は……？」

俺は自分の身体を見回してみる。するとなんと、俺の全身から神々《こうごう》しい蒼い光が溢れ出していた。

「な、なんだこれ……」

いや、光自体には見覚えがある。【ログインボーナス】を発動させた時に見られる光だ。しかし、今はスキルを発動させてはいない。どういうことだろう？

――《資格者》による〝試練〟の突破を確認しました。この〝位相〟における《古代遺物《アーティファクト》》の制限を一部、解除いたします。

いつも頭で流れる音声とは異なり、無機質でいて、濁ったように不明瞭《ふめいりょう》な音声だ。

「待ってくれ、それは一体……」

しかし、〝声〟が俺の疑問に答える様子はなく、やがて俺の身体から発せられる光が、湖上を通過して奥の方へと飛翔していく。すると同時に、湖上に石の橋が浮かび上がった。

「一体、なにが起きてやがんだ？　ダンジョンの奥でこんなギミックが発動することってあるのか？」

「いや、聞いたことないな。奥の様子を見てみるか」

「大丈夫、ブライ？　危なくない？」

「【ログインボーナス】に関わる現象だからな。危険はないと思うが」

俺は早速、橋を渡ってみる。その先にあったのは、エストを封印していたものによく似た巨大な扉であった。

「あの時は、俺に反応して開いたんだっけか？」

封印されていたエストを解放した時のように、俺は扉に触れてみる。すると、あっさりと扉が開かれるのであった。

「これは……柱と箱か？」

扉の奥の部屋に置かれていたのは、立方体の蒼白い結界のようなものに覆われた、何かの器具であった。そして、器具の前には、先ほど俺から発せられたのと同じ、蒼白い光が宙を漂っていた。

「一体なんなんだろうな、これ」

俺はゆっくりと器具の前に移動する。すると、蒼白い光が結界の四隅《よすみ》にある装置へと吸い込まれていき、結界が消失した。

「エスト、これに見覚えはあるか？」

「全然……」

ということは、エストが生きていた時代よりもずっと前のものということだろうか。

「なあ、これアレじゃねえか？　列車？」

一緒に来ていたガルシアがぼそりと漏らした。

「列車……言われてみれば」

器具は二つの機構《きこう》がセットになっている。

頭に白く光り輝く球体を乗せた、三角錐《さんかくすい》の形をした柱。そして、柱の側に浮かんだレールのようなものの上に浮かぶ箱形の物体の、合わせて二つだ。

その内、箱の方は魔導列車の一車両になんとなく似ている。サイズはもちろん、前後に扉が取り付けられているところなどもそうだ。

「いずれにせよ、こりゃ大発見かもな。こんなデカい《古代遺物《アーティファクト》》なんてそうそうお目にかかれないぜ。つっても、どうやって運ぶんだって話だが」

「確かに、そこが問題だよな」

柱はともかく、列車なんてどうやって持っていけばいいんだ。

「ブライ、ブライ、なにか忘れてない？」

エストが俺の脇腹をつんつんと突いてくる。

「なにかってなんだ？」

「ああ、やっぱり忘れてる。ほら、さっき【ログインボーナス】の声が言ってたじゃん」

俺は記憶の糸を手繰《たぐ》ってみる。確かに、さっきなにか言ってた気がする。アルビオンダンジョンを攻略したから、転移機能が使えるようになったとかなんとか……

「完全に忘れてた。どうやら、今の古代竜《エンシェントドラゴン》戦でマナも溜まったみたいだし、早速試してみるか」

俺は【ログインボーナス】を発動させ、【転移門】と【マナゲート】とやらを設置してみる。

――承《うけたまわ》りました。両機能を解放いたします。

直後、俺達がいる部屋の床に刻まれた魔法陣のようなものが光り輝き始めた。

「おお、なんだなんだ、こりゃすげえ!?」

魔法陣から蒼白い粒子が一斉に噴き出す。

――この部屋、及び地底湖周辺の範囲にあるものであれば、城へ転移させることが出来ます。いかがいたしますか？

「竜から剥ぎ取った素材もいけるってことか。それなら、ぜひ……って、ガルシア達を連れていくわけにはいかないよな」

「ん？　なんでだ？」

「ここのダンジョンと城の間を転移出来るようにしたんだが、ガルシア達の拠点は村の近くじゃないだろう？」

「ああ、そりゃ確かにそうだな。ということは、今回はここでお別れだな。俺達は、しばらくノーザンライトで活動してるから、気が向いたら……ってライトやセラ達には会いたくねえか。ま、また縁があればどこかでな」

「ああ、色々気を遣わせてすまんな。それじゃ、俺達は行くよ。それと戦利品はこっちで運ぶから、大丈夫だ」

「おう」

そうして、俺は転移を発動させ、ガルシアに別れを告げる。

＊

ということで、俺とエストは光に包まれると、一瞬で城へと転移する。

どうやら転移門が置かれたのは、レオナの工房よりもさらに地下にある空間のようだった。

「うーん、便利だね。転移って」

「ああ。今後もダンジョンの攻略を進めて、マナゲートとやらを繋げていけば、移動が本当に楽になるな。重い戦利品の運搬も楽になるし」

「そうだねえ……って、あれ？」

その時、エストが小首を傾げた。

「どうしたんだ？」

「えっと、ロイは……？」

「あっ……？」

俺は慌てて周囲を見回す。しかし、そこには、俺達が獲得した戦利品以外にはなにもなかった。

「そうか。ロイはダンジョンの外にいたから……仕方ない、ダンジョンに戻って迎えに行くか」

――ちなみに、一日の転移回数には制限がございます。

「先に言えよ!!」

――失念しておりました。

仕方ない。

俺は狼のアグウェルカに頼み込むと、慌ててダンジョンまでロイを迎えに戻るのであった。


「というわけで、こんなものが見つかった」

ロイを回収して城に戻った俺は、ダンジョンの奥で見付けた柱をレオナに見せた。魔導技術者のレオナなら、何か分かるかもしれない。

「《古代遺物《アーティファクト》》かしら？　随分と珍しそうなものだけど」

「ああ。もしかしたら乗り物かもしれないって話にはなったんだが」

「乗り物？　この柱が？」

「いや、さっきは魔導列車の車両みたいな箱がついてたんだが、いつのまにか消えててな」

また出せないだろうか。俺はなんの気なしに柱の上の球体に触れてみる。

すると、光のレールと共に乗り物のような箱が出現した。

「え？　なにこれ？　なにこれ？」

現代の技術を遥かに超えた現象に、レオナが興奮を見せた。

「うまく利用出来れば、めちゃくちゃ便利なものになりそうなんだが、どうだ？」

「そうね……」

レオナがじっくりと柱を観察する。

「案《あん》の定《じょう》、霊子《れいし》回路が刻まれているわ。今の時代のものよりも遥かに複雑で高度な配線みたいだから、簡単には解析出来なさそうだけど……」

「エストのいた時代のものでもないらしいから、それよりも前？の時代のものなのだろうけど」

今の時代が始まったのは約千年前とされている。

それまで世界は、魔族が跋扈《ばっこ》する暗黒の世界であったが、今の聖教国《せいきょうこく》の地に降臨《こうりん》した女神が魔族達を暗黒大陸に追いやり、人々は女神の庇護《ひご》の下、この大陸で暮らし始めた、というのが聖典《せいてん》の記述だ。

それ以前の文明についてはよく分かっていないのだが、どうやら俺達の時代、エストの時代、それよりも前の時代と、少なくとも三つの文明が存在したようだ。

「まずはこの柱にどんな機能があるのかテストしてみましょう」

そう言って、レオナは柱の上にある球体に触れようとする。すると、柱は光を失い、箱もすっと消失してしまった。

「……どうやら動力源に異常があるみたい」

いくら《古代遺物》《アーティファクト》とはいえ、なんのメンテナンスもなく動き続けるとはいかないようだ。

レオナは柱に取り付けられたハッチのようなものを開いて、中を観察する。

「やっぱり動力炉《どうりょくろ》が故障している」

「修理出来そうか？」

「うーん、マナタイトじゃ代用は利かなそうね。もっと魔力効率のいい素材があればいいんだけど」

一般的に魔導具には、マナタイトと呼ばれる鉱石が使われている。そこから動力を取り出して、不可思議な現象を引き起こしているのだ。

「マナタイト以上に効率のいい物質か……そんなものあるのか？」

「マナタイトが採用されているのは、安価で大量に手に入るからって理由よ。探せば、動力として最適な素材はたくさんあるの。といっても暗黒大陸にある素材や、それこそ竜から採れる希少な素材だったりするんだけど」

竜から採れる素材……？

「待てよ。それなら、心当たりがあるぞ」

「本当？」

「ああ、ちょっと待ってくれ」

俺は転移門の側に置かれている、戦利品を漁る。

「ドラゴンの素材は全部エストが凍結保存したが、アルビオンストーンとアレは別に保管してたよな……あった、これだ」

俺はドラゴンから採った紅い竜石を取り出して、レオナに見せる。

「そ、それは!!」

竜石を見た瞬間、レオナの目の色が変わった。

「これは竜石と言って——」

「すごい!!」

レオナが言葉も聞かずに、俺の腕を掴んだ。

「すごいすごいすごいすごい!!　ブライ、どうしたの、これ？　こんなのどうやって見付けたの？」

「ダンジョンで倒したドラゴンが持っててな……」

「いいなーいいなー。綺麗だなー……欲しいなー……ねえ、ブライちょうだい!!　これちょうだい!!　なんでもするから!!」

いつもは少し冷めているレオナが、これでもかとおねだりしてくる。

「レオナ、宝石に目がないのか？」

「ち、違うわよ!!　竜石は最高峰の魔力吸収効率を持つ至高の素材なのよ!!　ドラゴン自体が希少

だし、討伐を依頼するとめちゃくちゃ高いし、ドラゴンが持ってる確率もめちゃくちゃ低いのよ⁉

魔導技術者なら一度は研究してみたい素材ランキング一位なんだから‼」

なんだそのランキング。しかし、あのレオナがこんなに興奮するなんてな。

基本的には、他人に遠慮しがちな子だと思っていたから、ここまでおねだりされるとなんだか、
それはそれで嬉しいものがある。

「そうか。そういうことなら、これはレオナにやるよ。一番うまく活用してくれるだろうしな」

「本当？　本当に本当？」

「ああ、本当に本当だ」

「やった、やった。ブライ、ありがとう‼」

そう言って、レオナが俺に抱きついてくる。

うーん、こいつは筋金入りの魔導具マニアだな。普段のレオナからはとても想像出来ない行動だ。

「ほらほら、レオナ。年頃の女の子がむやみに男に抱きつくんじゃない」

「はっ⁉」

無自覚だったのか、慌ててレオナが俺から離れる。

「ち、ちがっ……これは感極まったというか……うぅ……希少な素材を目の前にして、我を忘れて
しまった……」

レオナが恥ずかしそうに頭を抱えている。

普段の態度とはかなりギャップのある姿を見られて、こちらは新鮮な気分だ。

「とにかく、レオナが喜んでくれて良かった。それで、出来ればこの柱を修理して使えるようにしたいんだが、任せてもいいか？」

「保証は出来ないけど分かったわ。任せてちょうだい」

これが本当に乗り物であれば、村の流通も加速するな。

《古代遺物《アーティファクト》》の解析という、かなり難しい依頼だが、レオナの頑張りに期待しよう。

第二章

「ブライくん、来てくれ!! 来てくれー!!」

朝食を済ませ、城の広間で寛《くつろ》いでいると、村長代理のセインさんが大慌てで城に駆け込んできた。

「セインさん、そんなに慌ててどうしたんだ」

「それがね、例の木が実をつけたんだ!!」

例の木というのは、ガルシアとの取引で手に入れたルーンを付与した苗木のことだ。

リンゴ、イチゴ、ブドウ、オレンジ、レモンなど、とにかく思い当たる苗木をかき集めて植えてみたのだ。今回ガルシアから受け取ったのは《耐寒》と《促成《そくせい》》の二つのルーンだ。それぞれ寒さに強くなる、成長が早くなるという効果がある。柑橘類《かんきつるい》などは寒さに弱いため、エイレーンで実がなるか不安ではあったが、どうやらうまくいったようだ。

「しかし、随分と早かったな」

「うん。普通なら苗木から実をつけるようになるまで五、六年は掛かるもんだから、驚いたよ。これも、ブライくんとエストさんのお陰だ。いやあ、付与ってこんなに便利なんだね」

セインさんはまるで子どものように目を輝かせて喜びを露わにした。魔族の襲撃で村の産業も大きく打撃を受けていたようだし、村長としては希望が見えて喜ばしいのだろう。

「礼ならガルシアに言わないとな。きっと、俺達だけじゃこんなに早く集められなかっただろうな」

ルーン探しには根気がいる。ガルシアの手を借りなければ、《耐寒》のルーン一つ見付けるのにも数ヶ月はかかったかもしれない。

「それと、レモンさんにも礼を言わないとね」

「レモンさん？」

これは意外だった。まさかセインさんに、植物に話しかけるメルヘンな趣味があったなんてな。

「また、なにか失礼なことを考えてない？」

「いや、そんなまさか」

どうやら勘違いだったようだ。

「レモンさんはこの村に住む自称植物学者だよ。もともとノーザンライトに住んでいたんだけど、自然に近いところがいいって移住してきたんだ。時期的にはレオナさんが村に来た直後ぐらいかな」

「自然に近いところ……か」

ノーザンライトは、エイレーンから見て南に位置する都市である。大陸でも特に魔導具技術が発達した街の一つで、古い街並みを残す王都と比べると近代的だ。そうした変化に富んだ街だからこそ、郊外での暮らしを望む人も珍しくないのだろう。

「レモンさんはね、畑の毒を除去したり、温度管理や受粉、剪定《せんてい》から摘《つ》み取《と》りまで全部請け負ってくれたんだよ」

ルーンがあろうと、苗木は勝手に育つものではない。それぞれの苗木に合った適切な生育環境を整える必要がある。レモンさんはそういった手間の一切を引き受けてくれたらしい。

「そうだったのか。恥ずかしながら、植えた後の話は任せきりにしちゃったからな。ぜひとも直接、礼を言いたいものだな」

「あ、ああ。そうだね……」

一方、セインさんは微妙な反応を返した。俺とレモンさんが直接顔を合わせると、なにかまずいのだろうか？

「えっと、その……レモンさんはなんというか、独特な人でね。あまり、会っても気を悪くしないで欲しいというか」

「ああ、なるほど」

かなり個性的な人なのだろう。だが、独特な人といえば、元パーティメンバーのレヴェナントで慣れている。アレは、天才となんとかは紙一重《かみひとえ》を地で行くような人間だが、そのレモンさんとやらもそういうタイプなのかもしれない。

「独特だろうがなんだろうが、これは筋の問題だ。挨拶に行くぐらいはさせて欲しい」

さて、レモンさんとやら、これまた随分と辺鄙《へんぴ》なところに住んでいるらしい。エイレーン村の付近にある山、そこの地下洞窟が住居だそうだ。レオナは事情があって、村から離れた場所に住んでいたが、レモンさんは好んでそこに住んでいるらしい。

「いや、寒くないのか？」

身体を鍛えている分、それなりに耐性はあるが、それでもこのエイレーン村の寒さは身に応える。しかも今は、最も寒さが厳しくなる冬の後半だ。いくら洞窟の中の温度変化がゆるやかだからといって、寒さ対策をしなければ、洞窟内はかなり冷えるだろう。レオナが量産した《温風のかがり火》が行き渡っていればいいのだが。

「あー、レモンさーん。最近、ここに移り住んできたブライという者だ」

洞窟の入り口から声を掛けてみる。扉らしい扉も呼び鈴《よびりん》もないので、とりあえずこうして呼びかけるほかない。

「うーん、反応がないな」

このまま洞窟に足を踏み入れてもいいのだろうか。どこからどこまでが家の敷地なのかよく分からない。

「仕方ない。それじゃお邪魔して……」

気が引けながらも、俺は洞窟に足を踏み入れる。

「レモンさーん。レモンさ――うおっ⁉」

レモンさんに呼びかけながら洞窟を進んでいると、〝何か〟に足を絡め取られてしまった。

「な、なんだ⁉」

〝何か〟は俺の身体を宙へ引っ張り上げ、俺はまんまと宙吊《ちゅうづ》りにされてしまうのであった。

「まさか、侵入者用の罠《わな》か……？　植物型魔獣を飼育《しいく》して使役《しえき》するって話は聞いたことがあるが、まさかそんなものを用意してるなんて……」

なるほど確かに、レモンさんは独特な人のようだ。家のセキュリティに植物型魔獣を用いるなど、なかなかない。セインさんの話していたことに合点《がてん》がいきながら、俺はそっとため息をついた。

「仕方ない。このツタを斬ってって……うお⁉」

剣を引き抜いてツタを斬ろうとすると、今度は遠くから毒々しい色の粘液《ねんえき》が飛んできた。

俺は慌てて腹部の筋に力を込めて上半身を起こすと、間一髪《かんいっぱつ》でそれを避ける。

「無茶苦茶すぎるぞ……」

かわした粘液が洞窟の壁にかかり、じゅわじゅわと音を立てながら岩壁を溶かしていく。こんなものをまともに喰《く》らえば、俺の顔はグチャグチャのドロドロになってしまうだろう。

しかし、ひと息つく間もなく、次々と新たな溶解液《ようかいえき》が放たれた。俺は腹筋を酷使《こくし》してひたすら、それらをかわし続ける。

「ハーハッハッハ。外が騒がしいと思ったら、なんと招かれざる客が網《あみ》に掛かっているではないか」

必死に溶解液をかわし続けていると、高笑いが洞窟の奥から響いてきた。

「んん？？　愛《いと》しの娘達が反応したということは、オヌシ、さては村人ではないな？？？」

分厚い眼鏡を掛けた緑髪の男性が現れ、俺の顔を観察するようにじっくりと眺め回す。

「一応、最近移住してきた者なんだが……なんなんだこれは」

「なんなんだ？　それは、拙者《せっしゃ》の愛娘《まなむすめ》達に興味があるということでござるか？　ござるか？」

男は興奮した様子で、宙吊りになった俺にぐいぐいと迫ってくる。

「いや、興味は――」

「もちろん。もちろん、説明させていただきますぞ。それは拙者が丹精《たんせい》込めて育て上げた侵入者撃退用の罠でござる。オヌシ、南方《なんぽう》のクエールという国は知っておりますかな？？　あそこの密林《みつりん》地帯は異常発達した植物型魔獣の宝庫でしてな。今オヌシを捕まえている植物は、そこで捕らえたジゴクカズラと呼ばれる魔獣を――」

「わ、分かった。もう分かったから。それよりも下ろしてもらっていいか？　俺は別に侵入者ってわけじゃないんだ。いや、勝手に家に入ったのは謝るが……別に危害を加えるつもりはないんだ」

やたら早口でまくし立てる男の言葉を遮《さえぎ》ると、俺はなんとかここから下ろすように頼む。

変わり者とは聞いていたが、レヴェナントとは別のベクトルで強烈な男性のようだ。

「ほほう。拙者の天才的な頭脳に興味がないとな？　それは嘘であろう。オヌシもきっと拙者の身体を付け狙う、ほんのりいやらしい悪漢《あっかん》の一人であろう？　素直に認めるが良い。ふほほほほ」

なんだその笑い方は。それに話し方も随分とクセが強い。

「いや、本当に違うんだ。俺の名はブライ。セインさんから名前ぐらいは聞いてないか？」

「セイン氏というのは村長代理の名前ですな。そういえば、苗木の管理を任された時にオヌシのことを話していたような……いいや、気のせいでござるな。カズちゃん溶かして差し上げなさい」

「気のせいで片付けるな‼」

つ、疲れる。なんというか、会話するだけでもカロリーを浪費する相手だ。

「まあ冗談はさておくとして、確かにセイン氏から話は聞いていたでござる。ルーンを使った促成栽培・温室栽培というのは、前々から興味があったでござるが、ルーン自体希少でしてな。いやはや、感謝の至り。なかなか貴重な経験をさせてもらった」

「いや、礼を言うのはこっちの方なんだが……あー、それよりもとにかく下ろしてくれないか」

「おーおー、忘れていたでござる。カズちゃん、ブライ氏を下ろして差し上げなさい」


その後、植物から解放された俺は、レモンさんに連れられて、洞窟奥の岩壁に埋め込まれた木製の扉をくぐった。するとそこには、外に比べてかなり暖かい空間が広がっていた。

広間では数種の植物型魔獣が徘徊《はいかい》している。恐らく、レモンさんが飼育しているのだろう。

「狭いところですみませぬな」

最終的に案内されたのは、その広間の奥に作られた小屋の中だ。

植物学の本が乱雑に詰められた棚、簡素なベッド、壁に掛けられた細剣《レイピア》、整理のされてない机にきしんだ椅子、そこは生活に必要最低限なものしか置かれていないこぢんまりとした空間であった。

人が住むにはだいぶ窮屈《きゅうくつ》な場所だろう。というか細剣《レイピア》なんてなにに使うんだ。

「……改めて、俺の名前はブライ。ブライ・ユースティアだ」

「レモンでござる」

明らかに偽名っぽいのだが、なにか事情があるのだろうか？

「うん？　どうしたでござるか？」

「いや、なんでもない」

まあ、あまり踏み込んだことを聞いても仕方ないだろう。気にはなるが、まずは本題に入るとしよう。

「レモンさん。苗木の件、助かったよ。ルーンは用意出来ても栽培用の知識は皆無《かいむ》に等しいからな」

「ほほ。先ほども言ったが、礼を言うのは某《それがし》の方よ。なにせ魔族共が襲撃を始めてから村の農業は大打撃でしたからな」

拙者とか某とか一人称が安定しない人だな。その場のノリで話しているのだろうか。

「しかし、ルーンというのは便利でござるな。この洞窟のように、長い時間を掛けて温度管理をすれば、確かに植物は早く育つでござる。でもルーンがあれば、それもあっという間ですからな」

「確かにそうだな。でもあんたのような植物学者がいるんなら、余計なお世話だったか？」

「まさか。ルーンがあればここでの栽培がもっと捗《はかど》るというもの。むしろ、もっと多くの苗木や種を持ってきてくれると嬉しいでござる。ルーンを付与した植物に最適な生育環境、よりおいしい栽培方法など、やれることはいくらでもあるでござるよ」

「さっき少しかじってみたが、どれも美味しかった。今以上に美味しく作ることも出来るのか？」

「もちろんでござるよ。おっと、そうだ。ブライ氏は、あの果物や野菜を売りに出すつもりはないでござるか？」

「売りに？」

確かに果物や野菜を栽培したら商売に使うというのも手だが、村の食料事情を解決することばかり考えていたので、そこまで考えてはいなかった。

「この分だと、きっと余りが出るでござる。腐らせてももったいないし、街で売買するといいでござるよ。セイン氏に尋ねれば、良い卸先《おろしさき》を教えてくれるであろうな」

＊

レモンさんとの挨拶を終えた俺は、早速セインさんを訪ねていた。時間は既に夕方、狩りを終えたセインさんは、自宅のベッドで横になっていた。

「すまないね。こんな体勢で」

「もしかして怪我したのか？」

「うん。魔族の放った毒矢を肩に受けてしまってね……解毒《げどく》は終えたんだけど、体力を根こそぎ持ってかれてしまったから、こうして療養中《りょうようちゅう》さ」

魔人を倒しはしたものの、魔族の残党は村の周辺に残っている。セインさんだけでなく、狩りに出た村人が襲われるという話はここ最近よく聞く。本当に諦《あきら》めの悪い連中だ。

「そうか……お大事にな。なにか必要なものがあったら言ってくれ」

「はは、ありがとう。それじゃ、なにかあったら頼むよ。それで……どうだった？　なにか失礼なことをされたりは……？」

話は変わって、レモンさんのことだ。尋ねるセインさんの歯切れは少し悪い。

「そうだな。宙に吊るされて溶解液を吐きかけられた」

「な、なんだって!?　それは大丈夫なのかい？」

身体は無事だが、大丈夫かと言われればなんとも言いがたい。

用心深いといっても、侵入者に魔獣をけしかけるような人は、なかなかいないだろう。

「まあ、貴重な経験だったということで」

帰り際に聞いたが、村人以外にしか反応しないらしいので、不幸な事故だったと言える。

「それよりも、今回採れた果物と野菜なんだが、村で蓄《たくわ》え切れない分は売りに出した方がいいってレモンさんが言ってたな」

「そのことか。以前は街に卸してたんだけど、魔族騒動のせいで、最近は全然出荷出来てなかったな」

「街にか。確かお得意先がいるとか？」

「ああ。ノーザンライトといえば温泉だろう？　最近は違うんだけど……」

初めてエイレーンを訪ねた時も、温泉街を目にしたな。あの時は観光せずにスルーしてしまったが、折角なのでその内ゆっくりと浸《つ》かってみたいものだ。

「つまり、お得意先ってのは温泉宿ってところか？　旅行の醍醐味《だいごみ》の一《ひと》つといえば、地の物を活かした名物グルメだしな」

「そうなんだよ!!　ここの名産と言えばジャガイモにタマネギだ。魔族の襲撃を受ける前は自慢の羊肉や、北の海で採れたタラなんかを卸してたし、これらを使ったシチューや煮込みスープは絶品だったよ。まあ、今はそれらを味わうのも難しいけど……」

仕方がない。魔族によって、農業は大打撃を受け、家畜も数を減らした。若い漁師達も負傷して、かつての活気は鳴りを潜めてしまったのだから。

「ともかく、向こうの温泉宿、というか観光協会とのツテがあってね。僕の名前を出してくれれば、向こうの会長ともスムーズに話が進むはずだよ」

「なるほどな。以前のような活気を取り戻すためにも、早速明日にでも街を訪ねてみるか」


さて、早速次の日、俺はロイを走らせて、ノーザンライトへ向かっていた。

『温泉か。羨ましいもんだな』

道を歩いていると、愛馬のロイがそうこぼした。

「羨ましいって、馬も温泉に入るのか？」

『当たり前だろ。温泉が人間だけのものと思い込むのは傲慢《ごうまん》だぜ。この北国は寒さが厳しいからな。

人間の知らない動物達の温泉地だってあるんだぞ』

そうなのか。人間が知る動物や魔獣の生態は、ほんの一部に過ぎないらしいが、ロイの言葉が本当なら、動物社会も随分と奥が深いものだ。

『ちなみに街にも動物用の温泉はあったりするのか？』

「ないだろうな」

『そうか……』

心なしか、馬車を引く力が弱くなったような？

「まあまあ、そう気を落とすな。ガルシアのルーンのお陰でお前の大好きなニンジンも採れるようになったんだぞ」

『悪くはないが、俺はもっと甘いのが好みだな。知ってるか？　この国で一番美味しいニンジンは、ノーザンライトよりも南にある、ライネル村のゴールデンキャロットなんだぜ』

意外と舌の肥《こ》えたやつだ。

「やれやれ、それならレモンさんにもっと甘い、馬好みのニンジンが作れないか相談してみるか」

『おっ、約束だぞ。最近の食事はどうにも物足りなかったからな』

「食に困ってたのは人間も動物も同じってわけか」

そうしてロイと他愛ない会話を繰り広げながら、俺達はノーザンライトへの道を駆け抜けていく。

目的地はノーザンライトの北西部、漁港の北に続く温泉街だ。

ノーザンライトは円形の都市で、まるで弓の的のように三つのエリアに分かれている。

ノーザンライト魔導研究所や貴族の邸宅が並ぶ、風雅《ふうが》な雰囲気の中心部。

工房や大きな商店が並ぶ、近代的な街並みの内周部。

温泉街や港湾区《こうわんく》、住宅街があり、伝統的な街並みの外周部だ。

俺が目指す温泉街は外周部の中でも、北西に位置している。西海岸を覆う港湾区の北にあり、外周部の中でも一際華やかで、大海を臨《のぞ》むようにずらりと酒場や宿屋が並ぶ風光明媚《ふうこうめいび》な場所だ。

ちなみに大陸を縦断する魔導列車の北の終着駅も、この温泉街にあるのだ。

「さてと、ここが温泉街の入口か」

俺が今いるのは、北東の山間部から流れる川と西の海の結節地だ。川に沿うように様々な飲食店や土産物屋が並ぶ観光通りと、海辺に沿って宿泊所が並ぶ宿屋街がここで合流する。港湾区からの入口と駅もあることから、多くの人々に温泉街の入口と認知されている。また、河口部には、他にも温泉を引いて造成した庭園も存在しており、とても風雅な広場となっている。

「しかし、なんだ……あまり人通りはないみたいだな」

ノーザンライトの温泉街と言えば、国内でも有数の観光地だ。

国全体が裕福になりつつある今、観光客でごった返しているものだと思っていたが、予想に反して温泉街は閑散《かんさん》としていた。

「……たまたま、人が少ない時期だったのか？　いや、でもこんな寒い時期だからこそ、温泉の需要もあがりそうなものだが」

疑問に思いながらも、俺は目的地へと向かっていく。ノーザンライト駅の反対側にある建物、そここそが村と温泉街との間の窓口となっている観光協会の建物だ。俺は早速、観光会館へと足を踏み入れる。


「取引出来ない？」

しかし、結論から言って、野菜と果物を売りに出すことは出来なかった。

「本当にすまない。その……エイレーンが大変なのは理解しているが、それは私達も同様でね」

眼鏡の男性がしきりに額の汗を拭《ぬぐ》い続ける。

この小太りの男性はノーザンライトの観光協会会長、ニコルさんだ。

「同様っていうと……？」

「君も気付かなかったかい？　この温泉街の様子」

そういえば、確かに違和感があった。ノーザンライトの温泉街といえば、この国でも有数の観光地だ。だというのに人通りはあまりなく、繁盛《はんじょう》しているようには見えなかった。

「昔はね。この温泉街もすごかったんだ。魔導具の技術が世に浸透《しんとう》し始めてから、人々の生活に余裕が出てきた。お陰で魔導列車が出来る前から、国中から観光客が集まってね。伝統ある温泉で疲れた身体を癒《い》やしながら、贅《ぜい》を凝らしたホテルでみな観光を満喫していたんだ」

かつて温泉卿《きょう》と呼ばれる大貴族がいた。

ノーザンライトを治める貴族家の当主で、古くからこの地に湧いていた天然温泉に目を付け、ありある大理石《だいりせき》を惜しみなく投入し、様々な温浴施設を作り出した。果てには己の居城まで〝温泉城館〟に改装し、市民に開放したのだ。その時に整えられた街並みは今でも残り、ノーザンライト温泉街として一大観光地になったというのが、ガイドブックの説明だ。

しかし、今の温泉街は閑散としている。

通りを歩く観光客はまばらで、露店のほとんどは店を閉めており、そこにあったであろう活気は完全に失われていた。これがオフシーズンであれば、まだ納得は出来たが、今は最も温泉の需要が高まるはずの真冬だ。

そんな時期に、数えるほどしか観光客がいないというのは、異常なことだろう。

「一体、何があったんだ？」

「時代……なのかな。ノーザンライトの温泉街と言えば、エルセリア国民の憧《あこが》れの観光地だったけど、今の若者にはもっと刺激的な観光エリアがあるから」

「刺激的な観光エリア？」

「新市街だよ。ノーザンライトの中層の職人通りで、大規模な再開発が行われたんだ。昔は工房ばかり並ぶお堅いエリアだったけど、今じゃショッピングモールなんておしゃれな名前のついた大規模な商店街まで作られてる」

俺はまだ訪れたことはないが、おしゃれな高層建築が並ぶ驚くような空間らしい。魔導具技術の粋《すい》を集めた空間が広がっているとか。

「随分と華やかだよね。しかも豪華で綺麗な防壁で囲まれてて。内周部と中心部の空には、あの防壁から透明なバリアみたいなものが張り巡らされてるんだ。雨風を凌《しの》ぐだけじゃなくて、中の温度とかも調節してたり、技術の進歩って凄いなあ。まあ、そんなわけで、若い観光客のほとんどはあの目新しい街並みに惹《ひ》かれて、こっちには見向きもしてくれないってことだよ」

確かに、そういう状況なら、今まで通り村から食材を仕入れるというわけにはいかないだろう。

「そういうわけで、私達もカツカツな状況なんだ。すまないね」

ニコルさんがしきりに頭を下げる。

やむにやまれぬ事情なので責めることは出来ないが、そうなるとこの余った食材達はどうしたものか。俺は、なんの手段も思い浮かばぬまま、一度村に戻るのであった。

＊

城門から自室へと歩く道中、俺は考えをまとめていた。

魔族の被害に曝《さら》されたエイレーンの村は、それなりに復興してきた。しかし、問題を抱えているのはエイレーンだけではなかった。ノーザンライトの周辺部は、開発から取り残され、かつての隆盛にも陰りが生じている。折角、順調に栽培が進んだというのに、まさか卸先の方で問題を抱えているとは。

「なにか悩み事ですか、ブライ？」

廊下を歩いていると、誰かが俺を呼び止めた。ラピスだ。

「ラピス、部屋に戻るところか？」

「ええ。周辺の見回りも一通り終えたので」

ラピスはこの村に来てから、毎日のように村の周囲にいる魔族を警戒している。魔人を撃破してからもそうで、魔族の残党狩りに精を出していた。

「それで、どうかしたんですか？」

「ああ、食材の取引を観光協会の会長に申し込んだんだが、断られてな」

俺は観光協会の現状について軽く説明する。

「他の取引先を見付ければいいわけなんだが、街で食品を扱ってくれる知り合いとかいないからな。新たなお得意先を探すってのは少し手間だしなあ」

「それなら私にはなにも出来ませんね……生まれてこの方、友達も知り合いもいないですから」

ラピスはさらっと悲しいことを言ってのけた。確か、ずっと両親としか接してこなかったんだよな。俺やエスト達以外とはあまり積極的に交流したりもしてないようだし。

「まあ、セインさんと相談しながら、別の案を探るとしようか。おっと、そうだ。明日からしばらく城を空けるから、そのつもりでいてくれ」

「なにかご用が？」

「ほら。国王が言ってただろう。北の暗黒大陸に繋がる道を封印するって」

「そのことですか。確か、まだ準備が出来てないんですよね？」

暗黒大陸と繋がる〝橋〟は、いつの時代からあったのか、非常に頑強な人工物で、物理的に落とすことが難しい。そのため、魔術的な障壁を展開・維持して、魔族の侵入を遮断するというのが一般的だ。しかし、現在は資材も人員も間に合っておらず、騎士団を派遣しての直接的な戦闘で、侵入を抑えている状況らしい。

「昨日報せがあって、今は戦況が芳《かんば》しくないようだ」

「無理もありません。いくら倒して浄化しても、暗黒大陸内ですぐに別の個体が湧いてくるそうですし。物理的に抑えるのは大変かと」

そう考えると、エイレーン村は本当に危ないところだった。魔人の撃破が遅れていたら、全滅していたかもしれない。

「……ちょっと待ってください。いい案が浮かんだかもしれません」

「いい案？」

「食材の取引先ですよ」

……なるほど。そういうことか。ラピスの言いたいことが俺にも分かった。

「北の城塞《じょうさい》では魔族を抑えるために戦いが続いている。当然、食料も大量に必要になるってわけだ」

「その通りです。一応、国王陛下とも面識《めんしき》があるわけですし、街で新しい卸先を探すよりも交渉しやすいと思いますよ」

国王……エドは村への援助も惜しまないと言っていた。そうなれば、双方に利のある取引を断る理由もないだろう。

「いい案だな。よし。向こうに着いたら、早速、責任者と交渉してみることにするよ。その間、村のことは……」

「ま、待ってください」

村のことは頼んだと言おうと思ったら、ラピスにしては珍しく、強い語調で遮られた。どうしたのだろうか？

「その……北の城塞ですが、私も付いていっていいですか？」

「ラピスが？」

戦力的には申し分ない。村の防衛も、アグウェルカを始めとする狼達や、防壁があるので問題はない。

「断る理由はないな。だけど、どうしたんだ？　別に楽しいところじゃないと思うが」

「観光目的じゃないですからね。ただ、あの魔人を相手に手も足も出なかったので」

「でも、最後に魔人の足止めをしてくれたじゃないか」

「あれは、レヴェナントさんのお陰で、私の力じゃありません。それに理由はそれだけじゃないというか……」

なんだかラピスの歯切れが悪い。何かあったのだろうか？

「その、セイン……さんに怪我を負わせてしまったんです」

「ん？　確か、魔族に襲われたって話だが……」

「私が護衛を買って出たんです。みんな、狩りには慣れていても、魔族との戦闘は不慣れですから」

確かに、下級の魔族が相手でも、油断すれば大怪我を負いかねない。実際、セインさんも毒矢を受けてしまった。だからこそ、ラピスのような腕の立つ戦士が護衛に付いてくれれば心強い。

「でも、ちょっとした油断のせいで、セインさんを守れなくて……」

「なるほど。だから、自分を鍛え直したいと。分かった。それなら、今回はラピスも一緒に行こうか」

「いいんですか？」

「ああ。人手は多い方がいいだろうし、向こうも断りはしないだろう。というわけで、よろしく頼む」

「はい!!」


北の城塞トレガノンは、幾重にもなる防壁で暗黒大陸とこちら側を分断する、国内でも随一の防衛施設だ。ノーザンライトが伝統的に管理を行ってきたのだが、どういう事情か、野放しにされていた。

さて、城塞の様子だが、防壁のこちら側にはちょっとした集落が築かれていた。宿酒場、鍛冶屋《かじや》、雑貨店、医療を請け負う教会施設など。長期戦になる以上はそういった施設も必要になるだろうし、国王の計らいで用意されたものなのだろう。

さて、俺達が到着したのは夕方頃だが、ちょうど魔族の侵攻が止んで、騎士達がひと息ついている頃のようであった。

「随分と疲れが見えるな」

連日の襲撃が苛烈《かれつ》だったのか、多くの負傷兵が散見され、表情に疲弊が表れている者も多い。

「クソッ、どうして俺達がノーザンライトの尻拭《しりぬぐ》いを……」

「まったくだぜ。障壁があれば、こんな目に遭わなくて済んだのにな」

通りを歩いていると、二人の騎士がぼやいているのが聞こえてきた。管理責任を放棄した者達への不平不満を互いにぶつけ合っているようだ。彼らの言い分も分かる。

魔導障壁——結界は強力だ。魔族の持つ力が大きければ大きいほど、障壁は強い力で相手を弾き返す。この障壁のお陰で、人類は魔族の侵攻を抑えてこられた。それだけに障壁の維持は責任重大なのだ。

ノーザンライトはこの重い責任を引き受けてきたからこそ、減税などの優遇を受け、国内二番目の大都市に発展した。それが今では障壁は消え、魔族が入り放題だ。騎士達の不満は当然のものだろう。

二人の話は続く。

「だが、あの方の下で戦えるのは光栄なことだな」

「それには同意だ。閣下がいらっしゃらなければ、この城塞も半日ともたないだろうよ」

「ああ。この地獄のような城塞に勤める我らの心の支えだ」

ふむ。この話しぶりからすると、ここの指揮官は随分と慕《した》われているようだ。

「はあ……閣下と結婚出来れば、俺は死んでもいい」

「はっ、お前なんかが相手にされるかよ」

「だ、だけど、婚約者とかはいらっしゃらないって噂だし……」

「そりゃ、あの方のお眼鏡に適《かな》う人間なんて、そうそういるわけねえからな」

「うっ……そりゃ、そうだけどよお」

二人の騎士の片割れがひどく落ち込んだ様子を見せた。そっとしておこう。

「ブライ、ここの責任者って……」

「ああ、どうやら、女性のようだな。とりあえず、挨拶に行こうか」

俺達は城塞へと進んでいく。


「君があの〝魔人殺し〟の英雄ね」

俺とラピスを出迎えたのは、長い赤髪を持つ女騎士であった。背はそこまで高くはないが、しっかりとした佇《たたず》まいの凛《りん》とした、それでいてとても可憐《かれん》な女性だ。歳は俺と同じぐらいか、少し上といったところか？

しかし、なんだろう、その呼び名は。

「えっと……本日より一週間、トレガノン城塞に着任いたします、ブライ・ユースティアと申します」

ともかく、俺は名乗る。こういった時の作法には疎《うと》いが、これほどの城塞の指揮官を務めるほどだ。間違いなく名のある大貴族の家の出だろう。粗相《そそう》はしたくない。

「君は正式な騎士じゃないでしょ？　そう堅苦しくしなくて大丈夫だよ。私はこのトレガノン城塞の暫定《ざんてい》指揮官、クレア・バートレット。短い間だけどよろしくね」

そう言って、騎士は右手をひらひらさせた。

バートレットといえば、公爵位《こうしゃくい》を持つ王都屈指の名家だ。クレアという名前にも覚えがある。

バートレット家の次期当主にして、国内でも五本の指に入るという騎士だ。

しかし、彼女ほどの実力者がいてもなお、この城塞の戦況は芳しくないとは、よほど魔族の侵攻は苛烈なようだ。

「ところで、そこの黒髪のお嬢さんは？　ブライくんの恋人だったりして？」

「こ、こいび⁉　ち、違います。わ、私は、ラピスです。ブライの……護衛みたいなものです」

「護衛？　確かに、人間にしては珍しいほどの凄《すさ》まじい魔力を感じるね。うん、お姉さんよりも魔法の腕が立ちそうだ」

「よ、よく言われます」

よく言われるってなんだ……？

初対面の人だからか、ラピスは重度の人見知りを発動させているようだ。髪を黒く染めて、耳も偽装してはいるが、彼女はハーフエルフなのだから、緊張するのも無理はない。亜人への偏見は未だに根強いからだ。もっとも目の前の騎士殿はあまり、そういったことを気にするような人には見えない。

「ふふ。ともかく心強い助っ人が来てくれて助かるよ。魔人を倒した英雄の力、存分に発揮してね」

「えーっと……英雄なんて過分な呼び名で持ち上げられると、気恥ずかしいのですが」

「なにを言っているんだい？　人間が魔人を打ち倒すなんて、初めてのことだよ？　注目されるのも仕方ないって」

「それは……そうなんでしょうけど」

歴史上、英雄とまで呼ばれ、魔人と名勝負を繰り広げた実力者は何人かいたが、いずれも引き分けに終わっている。実力で圧倒した者は誰一人としていなかったのだ。だからこそ、彼女のように〝歴史上初めて魔人が敗走した〟という事実に、関心を寄せる人がいるのは無理のない話だ。

しかし、それほど危険な相手だからこそ、俺もレヴェナント達の助けがなければ倒せなかった。完全な自分の実力というわけではないのだ。誰が噂を流しているのかは分からないが、あんまり実力以上の評価を広められるのは困る。

「ちなみに英雄だって触れ回っているのは国王陛下だよ」

国王様かよ!!

「それにしても、惜しかったなあ。私もその場に立ち会えていれば、今の剣の実力を測る絶好の機会だったのに」

クレア殿が随分と悔しそうな様子を見せた。あれ……この人、戦闘狂の匂いがするな。

「一生のうちに遭わずに済む方がいいと思いますけど……」

「そんなことないって。武家に生まれた以上は、自分が魔人に通用するか試してみたいものでしょう？　ねぇ、どうだった？　実際に戦ってみて。剣は通じた？　魔法は？　血は何色だった？　お姉さんに色々教えて欲しいなあ」

彼女は興味津々《しんしん》といった様子で、尋ねてくる。若くして公爵家の後継者となった彼女は、類《たぐ》い稀《まれ》な剣の腕前を持つという。華奢《きゃしゃ》な体躯《たいく》に不釣り合いな大剣を難なく振り回すその姿は、嵐のように喩《たと》えられ、彼女こそが魔人に対抗しうる人材だと、見る者皆が噂するほどだ。

今日、初めて彼女を目にした時は、てっきり噂に尾ひれが付いたものだと思っていたが、この様子からして、どうやら本当らしい。俺達は彼女の好奇心に圧《お》されて、しばらくの間、襲撃の時の様子について彼女と語らうのであった。


さて、気がかりだった食材に関してだが、数日の間に取引はまとまった。あくまでも馬車に積んできた食材だけの話だが、輸送さえしてくれれば、今後も買い取ってくれるらしい。

現在、村の輸送役はロイに任せきりで、一度に大量の食材を運ぶことは難しい。

おまけにこの城塞までは、ロイの足でも三日を要する距離なので、頻繁に行き来するのは現実的ではない。しかし、卸先のなかった食材を、引き取ってくれるところが見つかったのは朗報《ろうほう》だ。

「本当に助かりましたよ。このままだと、いたずらに腐らせて廃棄するだけでしたから」

「だから、お姉さん相手には、堅苦しくしなくていいって」

そう言ってクレア殿は笑みを浮かべた。貴族出身とは思えないほど気さくな人だ。

「その、どうしてもクレア殿には、こうなってしまうというか」

貴族としての威光《いこう》のせいなのか。それとも、彼女自身のカリスマがそうさせるのか。敬語を使うのが苦手な俺でも、自然と彼女には敬意を払ってしまう。彼女にはそうさせる不思議な魅力のようなものがあった。

「うーん、部下のみんなもそう言うんだよね。お姉さんとしては、もっと気軽に話して欲しいんだけどなあ」

騎士団をまとめるほどの人物が、そんなノリで大丈夫なのだろうか？　まあ、部下の忠誠心《ちゅうせいしん》はかなり高いみたいだし、心配するようなことではないか。

「それにしても、本当に助かってるのはこっちの方だよ。お陰で、私も部下達もだいぶ楽出来る。私は三日三晩戦い続けても問題ないんだけど、部下達はそうはいかないからね」

さらりととんでもないことを言ってのけた気が……？

「自分も驚きました。まさかこの城塞の襲撃がこんなに激しいなんて」

ここに来てから五日ほど経つ。その間に、すでに何度か魔族の襲撃に遭った。散発的ではあるが昼夜を問わずだ。真夜中に侵攻してきたと思ったら、ほとんど時間が経っていない早朝に再侵攻してきたり、しばらく間を空けて油断していたところに物量で圧してきたりと、明らかにこちらが嫌がるタイミングを見計らっている。

魔族は睡眠を取らなくても活動出来るし、人間と違っていくら目の前の数を減らしても、代わりの個体がすぐにどこかから湧いてくるし、適切に浄化をしなければ復活だってする。そんな存在だからこそ採れる戦法なのだろう。

「そうだね。ここと暗黒大陸を結ぶ〝橋〟も決して狭くない。むしろ平原みたいに広いというのが正しいかな。だから、どうしてもお姉さんだけだとカバー出来ない時があったんだ。オーガみたいな強力な個体も交じってるし。だけど、ブライくんとラピスちゃんの二人がいるから、だいぶ余裕も出てきたよ」

正直、あの魔人との戦いを経験した後だから、局所的な戦闘は全く苦ではない。トロール程度の上級魔族であれば、ラピスが一瞬で浄化してしまうし、クレア殿はオーガすらもただの一太刀《ひとたち》で真っ二つにしてしまう。しかし、城塞を破られないように戦うとなると、これがなかなか厳しい。

高い戦力の者がいれば良いわけではなく、騎士達全員に適切な指示を下し、うまく連携をとって初めてどうにかなるものなので、戦況を俯瞰《ふかん》しながら戦うクレア殿は実際、大したものだ。

「二人が敵を引き付けてくれてるから、みんなの負担は軽くなったし、適切な休みもとれるようになってるし。本当にありがとう」

「陛下とも約束しましたから、それにここが落とされたら、次に襲われるのはエイレーン村なので」

そう。俺がエドモンド王を手伝う最大の理由はあの村だ。

村が魔人に襲われたのは、この城塞の管理者が責任を放棄したからという事実に、思うところはあるが、それでも今はここを手伝うことが村のためになるのだ。

「エイレーン村か。ひどい話だよね。そもそも、ノーザンライトがちゃんと障壁を管理していればあんなことにならなかったのに……って、貴族のお姉さんがこんなこと言っても、どの立場でって話か」

「いえ、クレア殿のせいではないですから」

「でも、魔族から人々を守るのも貴族の務めだし、やっぱりどこか責任を感じちゃうよ。ここで戦うことで、少しでもその責任を果たせればいいんだけど」

戦い好きというイメージがあったが、彼女がここで戦っている理由はそこにあったのか。彼女の責任ってわけではないだろうに。美しい容姿に、上級魔族を一撃で屠《ほふ》る戦闘力だけでなく、こういった高潔さこそが、彼女が騎士達に慕われる理由なのかもしれない。

「ん？　どうしたの、お姉さんのこと見つめて？　ラピスちゃんに言いつけちゃうぞ」

「いやいや、別に彼女とはそういうのじゃないですから。からかわないでください」

「ごめんごめん。でも、寂しくなるね。もうすぐ、ブライくん達は村に戻るんだよね？」

「ええ。村をずっと空けているのも不安なので」

村の復興も完全に終わったわけじゃないし、魔族の残党も村の周囲に残っている。城塞に残り続けるわけにはいかないのだ。

「ただ、ここの防衛には少し協力出来るかもしれません」

「協力？」

「ええ、便利な魔導具があるんです。大量には用意出来ませんが、それでも防衛の助けにはなるかと」

クレア殿がいるとはいえ、この城塞の騎士達の負担はかなりのものだ。俺達が来るまで、まともな睡眠もとれず、娯楽もなければ、食事も質素なものだったらしい。彼らが戦ってるお陰でエイレーン村が平和に過ごせているのだから、ここは出来る協力はするべきだろう。

さて、防衛といえば、魔人の襲撃の時に、画期的な迎撃魔導具《タレットオーブ》を運用した。上級魔族はともかく、下級魔族が相手ならかなりの威力を発揮する代物だ。

レオナには、ダンジョンで拾った《古代遺物《アーティファクト》》の解析を既に頼んでいるため、負担を掛けるが、新しく用意出来ないか頼んでみよう。

＊

「というわけなんだが……」

トレガノン城塞での任務を終えてエイレーンに戻った俺は、早速レオナに《タレットオーブ》の量産を頼んでみることにした。

「……そうね。トレガノン城塞が……より強固になればこの村の助けになるものね……」

「といっても今は随分と忙しそうだし、急がなくても大丈夫だからな」

こうして話している間も、レオナは作業を続けていた。

「しかし、根を詰めすぎなんじゃないか？」

「ごめん……作業しながらで。でも、もう少しで……竜石の活用法が分かりそうだから……」

前に聞いた話だと、竜石はマナタイトよりも遥かに大量の魔力を溜め込み、大出力の動力になりうるらしい。しかし、そもそも希少な素材なため、竜石を組み込んだ魔導炉心《ろしん》の作製方法は確立されておらず、レオナも手探りで作業しているようだ。

「大丈夫……キリのいいところで……休みをとるから」

その時、レオナが一瞬ふらつくのが見えた。

「もしかして……具合が悪いのか？」

レオナの様子を見ようと回り込む。すると、彼女はひどく疲弊しているように見えた。

寝不足というのもあるのだろうが、ふらふらと身体を揺らし、焦点が合わないどころかボーッとしたような目をしていた。

「ごめん……実は最近、あまり寝られてなくて」

その時、レオナが身体のバランスを崩した。俺は倒れそうになる彼女を支える。

「すまん。俺が《古代遺物《アーティファクト》》の解析を頼んだばかりに」

「ん……違うの。なんだか最近、どうしても寝付けなくて……これは、私がちゃんと体調管理出来てないせいだから……」

レオナは首を横に振りながら答える。責任感が強すぎるというのも考えものだ。

「さっきの話は忘れてくれ。竜石の研究も一旦、後回しだ」

「だ、だけど……」

俺は問答無用でレオナを抱きかかえる。

「ラピスを呼んでくる。効くかは分からないけど、治癒魔法を掛けてもらおう」

「どうだラピス？」

「あまり効き目はないようですね……」

ラピスに頼んで、治癒魔法をいくつか試してもらったが、レオナの容態に変化は見られなかった。

「風邪であれば、自己治癒能力を高めたり、症状を和《やわ》らげたりして、回復を早めることが出来るのですが……」

「効かないってことは、他に要因があるってことか……確か、最近あまり寝られてないとか」

「疲れが溜まっていたのかもしれません」

「私のせいだ。私が気付いていれば……」

ラピスと共に看病をするエストがそっと呟いた。

「ブライ達がいない間、レオナちゃんと毎日、顔を合わせてたのは、私だけだったのに……」

「言っても仕方ないさ。俺だって、レオナが倒れるまで気付けなかった。それよりも、これからのことだ。休養をとってもらうのもそうだが、看病をしたり、精の付く食事を用意したり、やれることはたくさんある。特に料理の腕が立つのはエストだからな」

「そっか、そうだよね……うん。看病は任せて、私がレオナちゃんを元気にしてみせるよ」

真剣な顔で頷くエストに、ラピスが微笑みかける。

「もちろん、私も手伝います。母が体調を崩した時とか、よく看病をしていたので」

「俺もやれることはなんでもやるつもりだ。レオナの元気を取り戻すために頑張るぞ」

こうして、俺達はレオナの看病を始める。しかし、この直後に、俺は村が抱える大きな問題に気付くのであった。

＊

「ベンさんが倒れた？」

「ああ。居間で倒れているのを、奥さんが見付けたそうだ。命に別状はないけど、少し心配だね」

ベンさんというのは石工を務めている老齢の男性だ。この村を囲む防壁も、彼が設計と試作を担当して、【ログインボーナス】で量産した。村の防衛の、陰の功労者だ。

「実はベンさんだけじゃないんだ。倒れたってわけじゃないけど、塞《ふさ》ぎ込んでる人が少なくない」

「まさか、伝染病か？」

「いや。多分、ストレスが溜まってるんだと思う。魔人を撃退したとはいえ、しばらく魔族の襲撃が続いたし、ブライくんのお陰で復興が進んでいるとはいえ、家畜を殺されたり、長年世話してきた畑をダメにされた人も多い。その魔族もまだどこかに潜んで、僕らを狙っているわけだしね」

確かに、俺がこの村に来てから目にした魔族の襲撃は苛烈なものだった。人々にとって恐怖の象徴である魔人まで襲来し、それを撃退した今でも魔族の脅威は完全には去っていない。

おまけに、村をぐるりと囲むのは、美しい景観ではなく、不釣り合いなほどに堅牢《けんろう》で無骨な防壁だ。精神的に参っている人も少なくないだろう。

「どうにか、息抜きさせてあげられればなあ……でも、こんな田舎の村じゃ娯楽もほとんどないし」

レオナも同じようにストレスが原因なのかもしれない。なにせ、彼女の場合はもっとひどい。詳しくは分からないが、彼女はノーザンライト魔導研究所に追われている。そのために、あの城の地下に引きこもり、なかなか外に出られないでいるのだから。

「そこまで気が回ってなかったな。すぐには思いつかないが、村の人達の安らぎになるような施設とかを用意出来るように考えてみるよ」

「ありがとう。すまない、なにからなにまでブライくんに頼りっぱなしだ」

「気にしないでくれ。俺が好きでやってることだからな」

とはいえ、これだって感じの案が浮かばない。

噴水？　水は人の心に安らぎを与えるという。いや、この寒さじゃすぐに凍ってしまうかもしれない。

サーカス？　見世物《みせもの》といえばサーカスだが、これもダメだな。サーカス団に心当たりがない。

食を充実させたり、スポーツをしたりと、案自体はあるのだが、どれも決め手に欠ける気がする。

「うーん、エスト達に相談してみるか」

こういう時は、一人で考えても仕方ない。頼れる仲間がいることだし、案出しを手伝ってもらうことにしよう。

「温泉だよ!!　温泉!!」

ほとんど間髪を容《い》れずにエストが答えた。

「確かに、この地方といえばノーザンライトの温泉街だが、団体旅行でもするってことか？」

「旅行というには近場過ぎますね」

「うーん、旅行もいいんだけど、ラピスちゃんが言うように近場過ぎるんだよね。やっぱ旅行は、遠くの未知の地に行かないと。まあ、私はあんまりしたことないんだけどね……」

エストがしゅんとした様子を見せた。確か、かつては学院からほとんど出られなかったと言ってたが。

「なら、遠くの温泉地を探すか？　ノーザンライト以外にも温泉地はあるからな」

「それよりも、作ろうよ。自分達で」

「作る？」

まさか、せっせせっせと、村の近くで温泉を掘り当てようとでも言うのか。

「前にレオナちゃんの工房を作った時、温泉も作れるとかなんとか言ってたでしょ？」

「確かに、温浴設備を作れるとかなんとか言ってたが、温泉もいけるのか？」

――肯定します。村の復興も進んでいるため、さらなる機能の拡張としてエスト様の提案された施設を追加することも可能です。

「便利すぎないか」

――私は有能ですので。

「自分で言うなよ」

ともかく、温泉が作れるということか。村人達に開放する大浴場というのも、悪くないかもしれない。

「ふっふっふ……色々とインスピレーションが湧いてきたよ」

しかし、どうやらエストには、俺の想像している以上に大それた絵図が浮かんでいるらしい。

「過労で倒れたレオナちゃん、魔族の襲撃に疲弊する村の人達、観光客がいなくなって困っている観光協会の人達、そして魔族の侵攻を抑えるために激戦続きの騎士様達……みーんな私の考えた最強の温泉で癒《い》やしてあげましょう」

「そんな大仰《おおぎょう》な話だったのか？」

せいぜい、レオナと村の人達にリフレッシュしてもらう程度だと思っていたのだが、エストはこのエイレーンどころか、周辺地域の問題まで一気に解決するつもりのようだ。

「これは私じゃないと思い浮かばなかったかも。その名もずばり『スパリゾート開発計画』だよ」

ラピスが首を傾げる。

「すぱりぞーと……ってなんですか？　最近はやりの言葉ですか？　私、そういうのはよく分からなくて……」

「いや、俺も初めて聞く言葉だ。一体、なんのことだ？」

「うむ。それにはまず、わしの身の上話を聞いてもらうとしようぞ」

そうしてエスト老人は、自分の昔話を話し始めるのであった。

「あれは私が、眠りにつく前のこと……」

＊

物心ついた時には、私はエルドゥアル魔術学院と呼ばれる場所で魔術を学んでいた。

魔術というのは、この世界を生み出した女神様が引き起こした数々の奇跡のことであり、術式や呪具《じゅぐ》を使ってその神秘を解き明かし、人為的に再現するというのが学院の目的であった。

「エスト、聞いた？　次の調査先、スパエルナだって」

基本的に私達は学院の外に出られない。魔術の研究以外に時間を割くべきではないし、家族もみんな学院の敷地内にいた。

しかし、例外が一つある。

それは、魔術研究のために、実地の調査が必要な時だ。今回の実地調査先は、温泉で有名なスパエルナという場所だ。本でしか知らないまだ見ぬ観光地に、私達は胸を躍《おど》らせていた。

さて、細かい話は置いといて、スパエルナという場所の温浴施設は、私達の想像を超えていた。

スパエルナでの入浴の基本的な考え方は、霊脈《れいみゃく》の力を蓄えた温泉に浸かったり、身体に優しい美食を堪能したり、水泳競技に勤《いそ》しんだりと、天然の湯を中心に健康的な入浴とアクティビティを行って、身体や心を癒やすというものだ。スパエルナには、それを可能にするために、大規模な温浴施設『スパリゾート』が数多く作られている。

私と友人達は、すぐにそれに魅了され、実地調査を口実にそれらを楽しんだ。学院の中の景色しか知らない私達に、スパエルナは夢を与えてくれた。精神が安らぎ、凝り固まった肉体が解放され

た時の高揚感《こうようかん》は、まるで天にも昇る程であった。

＊

「まさに極楽《ごくらく》じゃった……」

エスト老人が遠くを見つめている。どうやら昔話は終わったようだ。

「ふむ、まだいまいち想像し切れていないが、とにかく温泉地を活用したリゾート施設を作るってことだな。それも、精神と肉体の両方が健康になるような癒やしの空間にすると」

なるほど、それは面白そうだ。

冒険者稼業を続けていると、どうしても肉体に疲労が蓄積してくる。エストの言うような癒やしの空間があれば、身体の調子を整えられるかもしれない。

「でも、一つ気になるんですけど……」

「なに、ラピスちゃん？」

「その『すぱりぞーと』というのは、エストの時代の技術で作られたものですよね？　私達でも再現出来るのでしょうか？」

「……………なにごとも、やってみなくては分からないものなのだ」

つまり、見切り発車というわけか。

「現実的な案かは分からないが、やってみる価値はあるかもな。なにより、俺も興味が湧いてきた」

「そうですね。温泉はいいものです。薬効を持つ天然の湯は疲れた心と体に染《し》み渡りますから」

ラピスが賛意を示すと、エストが拳を突き上げた。

「それじゃあ早速、取りかかろう!!」

「なにから？」

「…………さあ？」

やはり、見切り発車だった。

第三章

「ところで根本的な疑問なんだけど、温泉とお風呂の違いってなんなのかな？」

「エスト、そこからなのか……？」

軽くため息を漏らしてしまった。エストは勢い任せなところがあるが、今回は温泉がどういうものなのかということから始めなければならないようだ。

「いやー、実は私がいた魔術学院は暖かくて乾燥した地域にあったから、入浴の習慣がなくて……魔道士がいっぱいいるから、魔術でさっと身体の汚れを流してお終《しま》いだし。ちゃんと湯船に浸かるような生活するの、ここが初めてだったんだよね」

なるほど。ここエルセリア王国は、寒冷地にある。そういった土地柄の違いはあるのかもしれない。

「エストが温泉に入ったのも遥か昔のことだしなあ。なるほど、違いと言われても分からないか」

「うっ……それはそうだけど、私がおばあちゃんみたいに聞こえるからやめて!!」

「すまんすまん」

弄《いじ》るのはこの辺にしておこう。

「それじゃあブライはどう？　その二つの違い、分かる？」

「ほう、よく聞いてくれたな。なにせ、俺は冒険者だからな。温泉地を訪れる機会は多かったんだぞ」

エルセリア王国の国民の間では入浴の習慣が根付いている。北部の寒冷地にある土地柄故《ゆえ》、昔から浴槽に水を張り、火を焚《た》いて温めて入る文化があり、ノーザンライトで温泉文化が隆盛したのもそういった理由からだ。

俺は別に、この国の出身というわけではないが、それでもここに根を下ろして随分と経つ。温泉についての知識も、多少はあるのだ。

「温泉というのはだな——」

——一般的に温泉と呼称されるものには、以下のような特徴があります。川の水などと比べて温度が高いこと。人の手が入っていない、天然由来のものであること。なんらかの特徴的な溶解成分が認められること。以上です。

意気揚々と温泉知識を披露しようとしたら、【ログインボーナス】に阻《はば》まれてしまった。

「急に会話に入ってくるな!!」

――ブライ様の説明の手間を省こうとしたのですが、まずかったでしょうか?

〝声〟が気まずげ（そんな感情があるのかは知らないが……）に言い放つが、タイミング的にとてもそのような気遣いがあったようには思えない。

「いいや、別にまずかないですけど。代わりに説明したらどうですか？」

すっかり出鼻《でばな》を挫《くじ》かれた気分なので、俺は解説を譲ることにする。

「拗《す》ねたね」

「拗ねてますね」

「意外と解説したがりだったんだね」

「次から気を付けましょう」

お嬢さん二人が好き勝手、言っている。別に解説したがりじゃないんだからね。

――とりあえず、本題に戻りましょうか。

「そうだね。それで、温度が高いとか天然由来とかは、なんとなく分かるんだけど、特徴的な溶解成分ってなに？」

「地中の鉱物から削《けず》り取られたものです。その土地の地質によって成分は異なり、それによって各地の温泉が持つ効能も様々です」

温泉を巡っていると、様々な効能を謳《うた》っていることに気付く。不眠を解消したり、皮膚《ひふ》病に効いたり、腰痛を改善したり、美肌効果をもたらしたり。それらは泉質《せんしつ》の特徴を端的に表しているのだ。

「うーん、ということはただ水を引いて温めればいいってわけじゃないんだね。どこか温泉が湧いてるところを見付けないといけないってコト？」

「そういうことだな。だが、俺には【ログインボーナス】がある。そういった手間をスキップすることも出来るだろう。ということで、試しにこの城に温泉を作ってみようと思うんだが出来るか？」

――はい。城の機能拡張の一環として、マナを消費して浴室に温泉を設置することが出来ます。現在、エイレーン村は安定的に発展しているため、新たな機能拡張を行う条件は満たしております。

「それは良かった。ちなみにどんな施設になるんだ」

温泉と一口に言っても、露天掘りのものや、大理石で整えられた浴槽など様々なものがある。この【ログインボーナス】は一体、何を生み出すのだろうか。

――再現出来るのは、エスト様の想定されるような特別なものではなく、ありふれた大理石製のものです。また、現在のマナ保持量ですと、特別大きいものは用意出来ないでしょう。

「意外とマナ消費が激しいのか。一体、どういう原理なんだ？」

――転移門の技術を流用します。先日解放されたダンジョンの近くに、温泉に適した水源を発見いたしました。霊脈を介してそれらを転移させます。

「そういえば、あの洞窟には巨大な地底湖があったな。あれ自体はそこまで温度が高そうには見えなかったが、一応温泉に分類されるってことか？」

――はい。大気中の魔力が結晶化して地底湖に溶けていたので、溶解成分にも期待出来るでしょう。

「よし、手持ちのマナを枯らしてもいいから、試しに温泉を作ってみてくれ」

こうして、俺はエイレーン第一号となる温泉を試作するのであった。

＊

「なるほど。さっき言ってた通り、公衆浴場なんかでよく見るタイプの浴槽だな」

公衆浴場は、この国では珍しくない。入浴の習慣が根付いているため、温泉水を使わないタイプの浴場も各地にあるのだ。

【ログインボーナス】で再現されたのは、そういう古《いにしえ》の頃から利用されてきた形態の浴槽であった。

「源泉自体はぬるいが、魔導具で加温されているわけか」

エストがしゃがみこんでうんうんと頷いている。

「うーん、いい感じに湯気が立っててそそりますな。でも、露天じゃないから景観はいまいちだね」

「まあ、この浴室自体、城の中心部にあるからな。景観についてはひとまず置いておこう」

とりあえず温泉の再現は可能だということが分かった。丁度、源泉を発見していたのも功《こう》を奏《そう》した。

あとは、この源泉を活かしてエストの言うスパリゾートとやらを作るわけだが……

「ここから先は、やはり専門家の出番だな」

「設計とか経営とかそういう話？」

「ああ。早速、明日にでも観光協会を訪ねるとしよう。今度は協力してもらえるといいんだがな」

「いいね!!　私も行きたい、と言いたいところだけど……」

そう言いかけて、エストが目を伏せた。

「レオナから目を離すわけにもいかないからな……」

もちろん、理由は彼女のことだ。先ほど気を失ってから、まだ目を覚ましていない。このままずっと眠ったままではないだろうが、それでも不測の事態に備えて、誰かが側にいる必要はある。

「でしたら、私がご一緒しましょうか？」

エストの代わりにラピスが手を挙げた。レオナの側に一人いれば、ひとまず大丈夫ではあるが。

「いや、人手が要るわけじゃないし、ひとまず俺一人で行ってくるよ。念のため、二人ともレオナの側についててくれ」

「そういうことでしたら、分かりました」

「それじゃ、話がまとまったということで。あ、そうだ。相談があるんだけど」

エストがなにやら真剣な表情だが、なにか問題ごとだろうか。レオナのことか、それとも村のことか。

「温泉入ってみてもいい？」

「……それはどうぞご自由に」

「やったー。覗《のぞ》かないでね」

「覗かんって」

＊

さて、これまでの話をまとめると、今の目的は温泉を活かしたリゾート施設を作ることだ。

「随分と大掛かりな話になったが、本当にうまくいくのだろうか」

俺の【ログインボーナス】で用意出来るのは、ありふれた浴場だけだ。工夫を凝らした施設の用意や、経営についてはその道のプロの力を借りる必要がある。

そういうわけで、俺は観光協会が入ってる建物へと再びやって来た。

「ノーザンライトわくわく会館……なんというか古さを感じさせるよな」

前も訪れたここでは、日帰り温泉が提供されている。少し暗い照明に照らされた入口では、お土産《みやげ》が販売されており、俺はなんとなしにそれらを眺めていた。

「温泉饅頭《まんじゅう》、岩塩、地酒、飲める温泉水、どこかいやらしい表情の不細工なキャラクターが彫られたキーホルダー……うおっ、このソーセージ一本で二千フェミアも掛かるのか……」

なんとなくここの人気が出ない理由が分かった気がした。値段が高いのもそうだが、ほとんど街の雑貨屋で買えるようなものばかりで、温泉街特有のお土産にも惹《ひ》かれるような魅力がないのだ。

「照明も暗いし、建物自体も老朽化《ろうきゅうか》している。なかなか味のある会館だな……」

老朽化しているから客が離れたのか、客が離れたから老朽化したのか、いずれにせよ観光協会が入る建物としては、かなりボロボロと言える。

「味のある……ふふ、モノは言いようですね」

「あなたは？」

一通り土産物を物色していると、誰かが話しかけてきた。

「私の名前は……ユキと申します。この会館の管理人をしております」

声の主は、さらさらとした青みのかかった長い白髪の女性だった。なによりも目を引いたのは、長く垂れた袖《そで》に、足下まで伸びるたおやかな裾《すそ》、雪を思わせる爽《さわ》やかな白い布で誂《あつら》えた、風雅な衣服だ。いわゆる、和服というやつだろうか。

この大陸の東の果てには、オウカと呼ばれる国がある。エルセリアとは異なる文化を持つ、趣《おもむき》のある国で、大陸に冬の終わりを告げる春風の通り道であることから、《春和《しゅんわ》の国》と呼ばれたりもする。

彼女が身に纏う衣服は、その国で好まれる和服というものによく似ている。

「あ、えーっと、俺はブライ。一応冒険者だ」

その美しい衣服と、それに調和する透き通った雰囲気を纏う彼女に、思わず目を奪われそうになる。

俺は慌てて目を逸《そ》らすと、自己紹介をした。今はどこのギルドにも所属していないために、半ば休業状態ではあるが。まあ、間違ってはないだろう。

「あなたが……父から、話は伺っております。先日は失礼いたしました。どこのホテルも今は余裕がないもので」

「事情はニコルさんから聞いている。そういったことなら仕方ない…………ん？」

「どうかされましたか？」

「父って……まさか、ニコルさんの……」

「はい。娘です」

ニコルさんといえば、先日商談を交わした男性だ。しきりに汗を拭う、ちょっと気弱な太り気味の男性なのだが。目の前の彼女が、そのニコルさんの娘……？

なんというか、あのニコルさんと、目の前の佳人《かじん》がまるで結びつかない。

「不思議そうな顔をされて、どうかいたしましたか？　あ、もしかして、私と父はそんなに似ているのでしょうか……自分でもそうなのではないかと……」

逆だ逆。まさか、あのニコルさんからこんなに美人な娘さんが生まれるなんて、想像も付かん。

しかし、この口ぶりだと、彼女的にはニコルさんに似ているということはとても嬉しいことのようだ。きっと、親子仲が良いのだろう。

「話が脱線しましたね。それよりも今日はどのようなご用件でしょうか？　あいにくですが、食品の取引でしたらご期待には沿えないと思いますが……」

「いや、今日は別の用事でな」

俺はエストの提案について話す。

「すぱりぞーと？というのは初耳ですが、確かに温泉は、古くから健康のために様々な形で利用されてきました。そういった側面を重視した施設を作るというのは、とても面白そうな話ですね」

「資金や労働力なんかはこちらでどうにかする。もちろん報酬も払う。そこで、温泉の設計や経営のアドバイスなんかを頼みたいんだが」

元となる技術が存在すれば、【ログインボーナス】でいくらでも用意出来る。エストの求める施設も再現出来るはずだ。報酬も（国王が）用意するし、技術も共有するつもりだ。悪い話ではないと思うが……

「その、魅力的なお話だとは思うのですが、お手伝いすることは難しいかもしれません。きっと、ブライ様の提案に乗ってくれる人は、この観光街には一人もいないでしょう」

ユキさんは申し訳なさそうに、それでいてはっきりと述べた。誰一人としていない。彼女は、そう確信しているようだ。

「理由を伺っても？」

「簡単な話です。ここの人達は観光街をどうにかしたいわけではなく、かつての栄光を取り戻したいだけなのです」

「かつての栄光……？」

一見、その二つは同じことのように思えるのだが、違うのだろうか？

この温泉街はかつて、国中の羨望《せんぼう》を集める一大観光地であった。客足はすっかり遠のいたようだが、工夫を凝らして魅力溢れる街へと変革すれば、その栄光を取り戻すことだって出来るはずだ。

「この場合、実際に見てもらった方が良いかもしれませんね。父にお話を持ち掛ける前に、試しに泊まってみませんか？」

「こちらが、私の祖父が経営するアルカディアホテルです」

「ほえぇ……」

つい間抜けな声を漏らしてしまった。しかし、仕方がないのだ。これほどの光景を目の当たりにしてしまえば。目の前に立ちはだかるのは、俺が手に入れた城など比べものにならないほどに、巨大で優美な白亜《はくあ》の城だった。

小さな街一つ分の広さを誇る敷地、神話の巨人を彷彿《ほうふつ》させる立派な威容《いよう》、そしてノーザンライトの雪景色に勝るとも劣らない、真珠《しんじゅ》の如き煌《きら》めきを放つ美しい景観。それは、かつて温泉卿と呼ばれた貴族が作り上げた、アルカディア《理想郷》の名を冠する城館であった。

「まさか、あのアルカディアホテルのご令嬢だったなんてな……」

泊まったことはないが、このホテルのことはよく知っている。

この国で一番と名高い最上級のホテルで、最高峰の食材と職人によって提供される贅《ぜい》を凝らしたグルメ、国宝級の調度品で彩られた内装、洗練された美しさと寝心地を実現した最高級の寝具など、想像を絶する贅沢なサービスが提供されるという、庶民なら一度は泊まりたいと憧れる場所だ。

しかし、なんだろうか。あの高名なアルカディアホテルの割には客が少ないような気がする。やはり、このホテルも観光客減の影響を受けているのだろうか。まあ、それはいいか。それよりも、重大なことは別にある。

「その……申し訳ないが、こんなところに泊まれるほどの手持ちが……」

本来、王侯《おうこう》貴族が泊まるところで、俺のような庶民はお呼びでない。一泊、数百万フェミア掛かるなんて噂も聞いたことがある。試しに泊まってみようなんて軽いノリで泊まれるところではないのだ。

ああ、でも、【ログインボーナス】を使えばお金を増やせるのか？

――否《いな》。当スキルを用いて、直接金銭を増やすことは許可されていません。より上位の権能による許可が必要となります。

上位の権能？　なにか気になる単語だが、とにかくそう、うまい話はないようだ。

――金銭を求めるのであれば、当スキルを活かして経済活動を行うことを推奨します。

そうか。【ログインボーナス】で増やした魔導具とかを売り払えば、確かに資金はどうにかなるかもしれない。残りのマナはいくつだっただろうか。

――１２９です。

「だめじゃねえか」

誰だ。無計画にマナを使い切ったやつは。俺か。昨日、温泉を試作するためにマナを使い切ったことを、今更後悔する。

「えっと、何がだめなのでしょうか？」

ユキさんが心配そうに尋ねてきた。

「い、いや、なんでもない。時々、変な声が聞こえるんだ。持病でね」

「？　よく分かりませんが、宿代なら気にしなくても大丈夫ですよ。私の友人として紹介しますので」

「いやいや、それはさすがに……」

「先日、なにも出来ずに追い返してしまったお詫《わ》びだと思ってください。エイレーンの方々には昔からお世話になってたのに、無下《むげ》にしてしまって、気がかりだったんです」

食材の商談と数百万の宿泊代では、とても等価には思えないのだが。彼女も譲る気はなさそうだ。

「分かった。そういうことなら、お言葉に甘えることにするよ」

「良かった。あ、でも、お気を悪くさせるかもしれませんから、お詫びにはならないかも……」

「どういうことだ？」

「その、悪く思わないでくださいね。このホテルのことを知っていただくためなので……」

「あ、ああ」

こんな豪華なホテルに泊めてもらうのにお気を悪くするはずもないのだが、一体どういうことなのだろうか。俺は彼女の言葉に引っかかりを感じながらも、ホテルの中へと向かう。


「ユキお嬢様のご友人の方でございましたか。ようこそいらっしゃいました。当ホテルとしても全力でおもてなしさせていただきます。どうかごゆるりとお寛ぎください」

ユキさんはなにやら不穏《ふおん》なことを言っていたが、実際に入ってみたら随分と歓迎された。どうやらユキさんは従業員にもかなり慕われているようだ。

「ただ……その……」

歓迎の空気に安心していると、従業員が口ごもり始めた。なにか、まずいことでもあったのだろうか。

「なんと言いますか……」

随分と歯切れが悪い。オーナーの孫の友人ということで、かなり言葉を選んでいることが窺われた。

「一体、どうしたというのかね？」

従業員が困っていると、優雅な衣服を纏った初老の男性が現れた。隣には白い騎士装束《しょうぞく》を纏った護衛らしき男が立っている。

って、あれ？　もしかして、ライトじゃないか？　一体どうしてあいつがこんなところに？

向こうも俺に気付いたのか、苦々しげな表情を浮かべていた。

「アルバート様、お出かけでございますか？　ただいま馬車のご用意を……」

「そんなことはいい。これはどういうことだ？」

男性は、このアルカディアホテルのオーナー・アルバート氏であった。どういうわけか、なにか不機嫌そうな様子だ。

「なぜ、伝統ある我がホテルに、このようなみすぼらしい男が存在しているのだ？」

「お、お祖父様……それは……」

みすぼらしい男……そうか。先程、従業員が歯切れ悪そうにしていたのは、俺のこの格好が気になったからか。

「ユキ、まさかお前の知り合いなのか？　いくら蛮人《ばんじん》の血を引くとはいえ、アルカディア家の血を引いているのだ。もう少し、交友関係に気を遣いたまえ。私の顔に泥を塗るつもりか？」

なんという言い草だろう。仮にも実の孫を、蛮人の血筋呼ばわりするとは。このアルバート氏、誰よりも貴族らしい性格をしているようだ。

「まったく嘆《なげ》かわしい。見たところ冒険者のようだが、仮にそうだとしても、ここのライトくんのように、もっと品格のある格好の一つや二つ、出来ないものだろうか？」

なるほど。見慣れない服装だとは思ったが、アルバート氏の依頼を果たすために弁《わきま》えた格好をしているというわけか。

「まあいい。私も多忙な身だ。しつこくは言うまい。だが、そこの男。不相応な懸想《けそう》をするのであれば、せめてその無様な格好を改めたまえ。ホテルの品格を貶《おとし》めるような真似をするのであれば、出ていってもらうぞ」

そう言ってアルバート氏は玄関口の方へと歩いていく。

「ライトくん、今日の会談はどちらへ行けば良かったかな？」

「貴族街のフォーゲルです。リチャード氏がお待ちになっています。既に馬車はご用意してありますので、すぐに到着するかと」

「おお、さすがは帝都一の冒険者。気が利くな。それにしてもフォーゲルか。あそこの料理長は腕が立つ。我がホテルで引き抜けないものか」

「そうおっしゃると思い、既に打診はしております。色好い返事がもらえるかは分かりませんが、先方も随分と前向きに検討されていました」

「まったく、どこまでも有能なことだ」

やがて、二人はその場を去っていく。

ライトのやつ、ノーザンライトに来ているとは知っていたが、まさかアルバート氏の秘書のようなことをやっていたとは。もう、あいつとは関わるつもりはなかったし、その方がいいと思っていたが、人生はなにが起こるか分からないものだ。

「すみません、ブライ様。祖父が失礼なことを」

「ユキさんが悪いわけじゃないだろう？　それに俺は特に気にしてない」

どちらかというと、ユキさんが悪《あ》し様《ざま》に言われたことの方が不快だ。実の祖父らしいが、どうにもその言動からは、肉親の情というものは感じられない。

それにしても、まさかオーナー直々《じきじき》にダメ出しされるとは思わなかった。確かに、俺の格好は冒険者としての活動に向いたもので、このホテルには似つかわしくない。だが、そこはお友達判定でスルーしてくれるものだと思っていた。すると、最初に相手をしてくれた従業員が口を開く。

「その……先程は申し訳ございませんでした。ですが、当ホテルにも、格というものがございますので、どうかそれに相応《ふさわ》しい、品格のあるものに改めていただければ」

まったく。最高のサービスを受けるはずが、最高の痛罵《つうば》を浴びせられてしまった気分だ。

「えーっと、その……はい。出直してきます……」

ともかく、ユキさんに恥をかかせるわけにもいかないし、ここは一度出直すとしよう。

というか、あのじいさん、なにか誤解してたな。懸想がどうのとか。妙な目のつけられ方をしてしまったかもしれない。

＊

「本当に申し訳ございませんでした……」

その後改めて、ユキさんに、それはそれは深く頭を下げられるのであった。

「まずは当ホテルの問題点を知っていただこうと思いまして、ご不快にさせて申し訳ございません」

いや、まあ。確かに、当初の目的はこの温泉街の現状を知ることにあった。その意味では、今のやりとりはその一端を知るのに効果的な手段だったと言える。オーナー自ら姿を現すとは思わなかったが。

「まあ、気にしないでくれ。別にご不快になったとかそういうことはないから」

少なくとも、俺がどうこう言われたことに関しては、どうだっていいのだ。実際、貴族の依頼などを請けていると、あのような物言いをされることは珍しくない。

最近では、貴族以上の財産を手にする平民の資産家もいて、その地位が揺らいできているとはいえ、上流階級に属する者としての自尊心を、彼らは今でもしっかりと持ち合わせているのだ。

「しかし、少し意外だったな。アルカディアホテルは確かに高級ホテルだが、宿泊客の服装にまで口出しをするようなところじゃなかったと思うんだが」

元々の主人である温泉卿は生前、『熱く滾《たぎ》る湯の前ではあらゆる人は平等で、天の恵みたる温泉に浸かる権利は、女神に愛された者であれば誰にでも与えられるべきだ』と豪語していたそうだ。

その理念を受け継ぐアルカディアホテルも、宿泊料こそ高いものの、泊まる者を貴賤《きせん》で区別などはしてこなかったはずだ。事実、宿泊は無理でも、敷地内の温泉については、誰でも安価で利用出来る。俺もその話を聞いて、いつかは訪れてみたいと思っていたものだ。

「……おっしゃる通り、このアルカディアホテルは平等という理念を持っていました。従業員も温泉卿の理念を大事にしていたと両親から聞いておりました」

「ふむ。察するに、ある時を境に、その理念の真逆を行く経営方針に切り替わったと」

「少なくとも私が物心ついた時には既に、今のような雰囲気となっていました。ホテルの格とお客様の品格を第一として、宿泊客を選別する。実は宿泊料も、昔はそこまで高くなかったそうです。安価な客室やコースを提供することで、庶民の方でも宿泊出来るようにしたり」

なるほど。温泉街の観光客が減った理由の一端を垣間見《かいまみ》た気がした。庶民にも愛される高級ホテルの方針転換。それはリピーター客を減らす大きな理由になるだろう。

「ともかく、先ほどは失礼いたしました。行きつけのブティックがございますので、そちらでフォーマルな格好に着替えましょう。そうすれば、文句は言われなくなるはずですから」

そうして、俺はユキさんに案内されて、ホテルを後にするのであった。

「そういえば、さすがに大貴族だけあって護衛とかもいるんだな」

ふと、ライトのことを思い出した。まさか、こんなところでまた会うとは思わなかったが、確かに腕の立つ冒険者だ。護衛としては適任だろう。

「ライト様ですね。最近、お祖父様がお雇いになった方です。ライト様以外のギルドメンバーの方とも懇意《こんい》にされているそうで、最近も希少な素材の採取を依頼されたとか」

希少な素材……まさか、竜の心臓のことだろうか？　太客からの依頼みたいなことを言っていた気がするが、【月夜の猫】がわざわざ活動拠点を移したのは、アルバート氏が原因というわけか。

「確か、共通の知り合いがいらっしゃって、その縁のようですね。ペレアス様という魔道士の方です」

「へぇ、ペレアス………っ!?」

なんだ？　その名を聞いた瞬間、悪寒《おかん》のようなものが身体を駆け巡った。

「ブライ様？　どうかされましたか？」

「あ、いや。一瞬、寒気みたいなものが……だが、もう大丈夫だ」

「それならば良いのですが」

ノーザンライトはよく冷える。エイレーンでは暖房器具が充実しているので、その寒暖差にでもあてられたのだろうか。

「しかし、護衛か。ノーザンライトは精強《せいきょう》な騎士団が配備されているから、治安はいいほうだと思ったんだが、アルバート氏程になると、やはりいつでも気は抜けないってわけか」

「多分それは……最近街で起こっている辻斬りが原因かと」

「つ、辻斬り？」

なにそれこわい。この街にはそんなのがいるのか？

「ここしばらく、夜中に人が斬りつけられる事件が頻発しているんです。未だに犯人の足取りは掴めず、当ホテルの宿泊客にも被害に遭われた方が……」

「随分とふざけたことをする奴もいるもんだな。だから、ライトがわざわざ雇われたのか」

「以前は、騎士団長のジーンという方がお祖父様の側についていたのですが、事件の捜査で騎士団が忙しくなったために、ライト様と交代された形ですね」

アルバート氏はかなりの大貴族だが、騎士団に直接的な命令が出せる地位にあるわけではない。

騎士団員が処理すべき重大な事件が起これば、護衛が代わるというのも当然か。

「とにかく、ブライ様も気を付けてくださいね。噂ではノーザンライトに恨みのある亡霊の仕業《しわざ》とか魔人の仕業とか言われてるんですから」

「魔人……か」

数ヶ月前、エイレーンは魔人の襲撃を受けた。今は、トレガノン城塞でクレア殿が魔族を抑えてくれているので心配はないだろうが、気を引き締めるに越したことはない。

「ありがとう。夜道には気を付けることにするよ。でも、ユキさんも気を付けて」

そうして話し込んでいるうちに、俺達は新市街の方へとやってきた。噂でしか聞いたことないが、なるほど確かに随分と発展している。

「これが噂のショッピングモールってやつか……すごいな」

外周部から内周部へと通じる巨大な門をくぐると、そこには見たことのない光景が広がっていた。

伝統的なエルセリア建築の雰囲気はそのままに、巨大なアーチ状の屋根に覆われた二階層の回廊が前方、左に右と延びており、そこには様々な飲食店や商店がずらりと並んでいる。観光客も大勢闊歩し、温泉街とは比にならない活気だ。

「内周部の南側はほぼ全てショッピングモールに改築したみたいですよ。全部見て回ると、一日じゃ一苦労ですよ」

「ほえ～……」

これでも元王都住みなので、俺は自分のことを都会っ子だと思っていた。

しかし、魔導具技術の先端を行くノーザンライトの街並みを見て、俺は井の中の蛙《かわず》だと気付いた。

「ブライ……さん？」

まるで田舎から初めて都市にやって来た者のようにぼーっと新市街を眺めていると、懐かしい声が聞こえてきた。

「この声はまさか……？」

振り返った先にいたのは、藍色《あいいろ》のドレスを身に纏ったアリシアさんの姿であった。

「ブライさん、そ、その方は……？」

アリシアさんは、まるで信じられないものを見たかのように、目をぱちくりさせていた。

「こんなに綺麗で素敵な女性と二人きりで、新市街を歩いているなんて、私の知らないしばらくの間に一体何が……？」

おっと。なにやら、ややこしい勘違いをしているみたいだ。どうしよう。

「なるほど。騎士団に村の皆様、そしてこの温泉街のために、奔走《ほんそう》されているのですね。さすが、ブライさん、素晴らしい博愛《はくあい》精神です!!」

さすがと言われるほど博愛した記憶はないが、どうやらアリシアさんは納得してくれたようだ。

「そういうことでしたら、私にも少しだけ協力させてください。ブライさんに似合うぴったりのお洋服をお選びしますから。ユキさんもよろしいでしょうか?」

「ええ、ブライ様のお知り合いでしたら、きっとお似合いのものを選んでいただけると思いますし」

「俺は別になんでもいいいんだけど」

生まれてこの方、機能性でしか服を選んだことがない。育ての親は、おしゃれに気を遣わないとモテないぞ、などとうるさかったが、冒険者稼業を選んだ俺は、そういうことを気にしたことがなかったのだ。ライトなんかは、衣服にとことんこだわっていたが。

「さ、ブライさん。早速、ブティックに向かいましょう。大丈夫です。ブライさんのしっかりとした体格なら、きっとなんでも似合いますよ」

当の俺以上に気合いが入った様子で、アリシアさんは俺の手を引っ張っていく。

うーん、なんだか大変なことになりそうだ。


予感というのは当たるもので、最初のブティックに入ってから軽く二時間が経過していた。てっきりユキさんおすすめのブティックに入って探すのかと思ったが、選択肢を広げたいという二人の意見により、俺達は既に何軒もの店をはしごしては、あれこれと試着を繰り返していた。

「どうでしょう、ユキさん。このスーツは」

「うーん、肌触りがいまいちですね。しなやかさに欠けていますし、光沢《こうたく》も控えめですし。やはりここはフェルディアウールのものを選びたいですね」

「南西のフェルディア草原で飼育されている品種ですね。キメの細かい繊維《せんい》で上品な艶感《つやかん》に耐久性、羽根を思わせる軽さが特徴だとか」

「よくご存じですね。市場の流通量が限られてて、本当にお目に掛かる機会が少ないんです」

アリシアさんとユキさんだが、すっかり意気投合《いきとうごう》したのか、先ほどから随分と楽しそうに服を選んでいる。二人とも物腰が柔らかく年齢も近いので、まるで上流階級の姉妹みたいだ。しかし、正直、俺には違いが分からないので、今試着しているこれで良いんじゃないかと思い始めてきた。

「だめです、ブライさん」

「心を読まないでください」

アリシアさんは俺の心の中を見透かすと、より良いものを求めて、店内を物色し始めた。

女性の買い物は長いと聞いたことがあるが、なるほど男の俺では分からない世界がそこに広がっているというのが、真相なんだなあ。ちなみに、元恋人のセラとは、一緒に買い物をする機会が訪れる前に別れたので、俺がそれを実感することは今日までなかった。

べ、別に惨《みじ》めになんか感じてないからな。

「うーん、やっぱりこの店には目ぼしいものがないのかもしれません」

一回りして戻ってくると、アリシアさんは首を振りながらそっとため息をついた。

どうやら、これといった戦果はあげられなかったようだ。

「うーん。やっぱり、ユキさんおすすめのブティックに行きましょうか」

最初からそうすれば良かったのでは？　当初、提示された結論に到達するのに、実に二時間以上の時間を消費した。これまでの時間は一体なんだったのだろうかと思わなくはない。

「納得いくまで見て回らないと、これだって思える商品とは出会えないものなんですよ、ブライさん」

「アリシア様のおっしゃる通りです。たとえ同じ商品でも、適当に流し見してから選んだ場合と、全ての可能性を吟味《ぎんみ》してから選んだ場合では、見え方も満足度も段違いですから」

ということらしい。俺にはなかなか理解出来ない世界だ。というか、だから俺の心を読まないでくれ。

＊

さて、すっかり日も暮れて、俺達はアルカディアホテルの饗応《きょうおう》の間にある、高級レストランで夕食としゃれ込んでいた。

「それにしてもお似合いですね、ブライ様。さすが、アリシア様が選ばれただけあります」

「ふふ、ユキさんがブティックを紹介してくれたお陰ですよ」

五時間（結局、最後のブティックに入ってからも三時間近く悩んでいた）に及ぶ長い激闘の末、俺の服が決まった。こんな機会がなければ、およそ着る機会はなかったであろう、高級な白のスーツだ。

着心地はこの上なく素晴らしいのだが、それでもフォーマルな装《よそお》いに慣れてないせいか落ち着かない。思えばネクタイを締めるなど、人生で初めての経験だ。国王の前ですらあの冒険者スタイルを貫いた俺が、こんなことになるなんて。

「食事も素晴らしいですね。私はここに泊まるのは初めてなのですが、さすが最高級のホテルなだけありますね」

アリシアさんが満足そうに息を漏らした。

「それには同意だ。さっきのサーモンのムニエルはすごかったな。普段、王都で食べてたサーモンはどうにもあっさりしているというか、パサついていてな。だが、ここのサーモンは違う。恐ろしい程に脂《あぶら》が乗っていて、それでいてクドくない。脂にサーモンのうま味がこれでもかと凝縮され、とろっとした身の食感とカリッとした表面のギャップがたまらん。おまけにそれらをまとめ上げ、引き締めるレモンソースの味わいが絶妙だ。この風味……まさか醤油《しょうゆ》が混ぜられているのか？」

「しょーゆ……ですか？」

ユキさんのルーツと思われるオウカの国で製造されている、独特な調味料だ。あまりこの国では目にしないが、独特な酸味と香りは様々な料理に合うため、好事家《こうずか》の間では重宝《ちょうほう》されている逸品《いっぴん》だ。

「ブライ様、よくお気付きになられましたね」

「職業柄、色々な国の珍しい料理を味わう機会もあったからな。まさか、レモンソースにも合うとは思わなかったが」

「ふふ、私の母が持ち込んだんですよ。周りはそんな得体《えたい》の知れない液体を入れるなんて馬鹿げていると相手にもしなかったそうですけど、それならと、母がシェフ達の目を盗んでこっそり料理に仕込んだんだそうです。丁度、先代の国王様にお出しする料理だったのですが大好評だったので、なし崩し的に採用されるようになったみたいですね」

「そ、そうか。なんというか、破天荒《はてんこう》なお母様だな……」

結果的にうまくいったから良かったものの、国王のお気に召さなかったら大変なことになっていただろう。

「でも、少し物足りなくはありませんか？」

ユキさんの問いかけに、アリシアさんは首を傾げる。

「そうでしょうか？　どれも素晴らしい逸品ですし、私は満足ですよ」

「ふむ……」

なんとなくユキさんが言いたいことが分かってきた。アリシアさんが俺の方をちらりと見た。

「ブライさんは、物足りないみたいですね。冒険者のブライさんなら、ちょっと量が足りないかもしれませんけど」

「いや、そうじゃない。確かに量は足りないけど、一番物足りないのは食材だな」

「食材ですか？」

「ああ。コース料理のメインディッシュ、俺はてっきりラム肉が出てくるもんだと思ってたが、実際はビーフだ」

「でも、このビーフもとても美味しいですよ」

アリシアさんの言う通り、このビーフは素晴らしい。サーモン同様脂は多いが、しつこくない上品な味わいで、肉本来のうま味が赤身にしっかりと濃縮されている。口の中で溶けるかのような柔らかい食感は、まさに高級肉と言えるだろう。

「だが、ノーザンライトの名産は羊だ。とりわけ生後間もない仔羊《こひつじ》から採れるラムは、羊特有の臭みとクセがなく、肉質が柔らかいことから、広く愛されている。一方で、王都ではそこまで出回らないので、ノーザンライトに来てラム肉を楽しみにする観光客も多いはずだ。実際、街の酒場では定番のメニューだからな。それ故、このホテルの宿泊客の中には物足りなさを覚える人だっているはずだ」

「そういうものでしょうか？」

どうやらアリシアさんはそこまでピンときていないらしい。元々、食の細い人だから俺ほどこだわりはないのかもしれない。

「……ブライ様の慧眼《けいがん》には恐れ入りました。奇《く》しくも、服選びをしていたさっきとは立場が逆転した感じだ。

「……ブライ様の慧眼には恐れ入りました。ご指摘の通り、このホテルではラム肉を扱わないのかというご意見を、よくいただいております。ですが、先ほどの母のエピソードからも分かると思いますが、ここのシェフは自分達の作る料理に強いこだわりがあり、保守的とも言えます。ラム肉は酒場でも提供される料理ですから、庶民の食べ物という意識が彼らにあって、頑《がん》として出さないのです。実際、ここで提供しているビーフは滅多《めった》に食べられない上質なブランドでもありますから」

「そう言われてみると、以前別のホテルに泊まった時は、ディナーの肉料理をビーフとラム肉から選べたような記憶があります」

「ホテルの品格が第一、それは提供する料理も例外じゃないってわけか」

「はい。決してこのホテルのサービスが悪いわけではありませんが、どうしてもお客様第一になり切れていない。そういう面があると、私は思っています」

この温泉街の実情を知るために、実際にホテルに泊まってみるという話だったが、なるほど確かにそうすることで見えてくるものがあったわけだ。

「しかし、そうなると。もしかして、他のホテルもそうだったりするのか？」

「はい。当ホテルだけでなく、他のホテルでも築き上げた伝統を守るあまり、お客様を二の次にする風潮《ふうちょう》があります。ですが、無理もありません。かつてこの温泉街が隆盛を誇っていた時には、そのやり方が通用していたのですから。へたにやり方を変えてしまえば、今以上に観光客が減ってしまうかもしれないと危惧《きぐ》するのも当然です」

かつての一大観光地の凋落《ちょうらく》、その原因は定かではない。しかし、その人気観光地がかつての勢いを取り戻せていない理由の一端が垣間見えた気がした。

「合点がいった。君が言った、俺の提案に応じる人はいないという言葉は、この温泉街全体が、なにかを変えようという原動力を持てない現状を意味していたんだな」

「はい。私の父も、観光協会の会長に就任して、どうにか観光客が戻ってくるように行動しようとしましたが、ホテルの協力が得られずに断念せざるを得ませんでした。なので、ブライ様にお頼みしたいことが……」

「頼みたいこと……？」

「ブライ様の提案されたすぱりぞーと建設に、私も協力させて欲しいのです」

「なるほど。協力ね…………………え？」

まさかそういう話になるとは思わなかった。

「でも、俺に協力する人は一人もいないって」

「それは、私を除いての話です。ずっと、悩んでいました。父と母が愛したこの温泉街に活気を取り戻すにはどうすれば良いかと。そんな時にブライ様はとても興味深いお話を持ってきてくださいました。実現の可能性は分かりませんが、それでも希望があるなら、手を尽くしてみたいのです。この温泉街ではそれなりに顔が利《き》きますので、きっと、ブライ様のお役に立てると思います。ですので、どうか……!!」

そう言って、ユキさんが深々と頭を下げる。

しかし、答えは当然決まっている。

「ユキさんの申し出、大変ありがたいよ。こっちこそ是非ともよろしく」

エストの突拍子もないアイディアから始まった無謀な計画だったが、ほんの一歩だけ前進した。

第四章

「結局、アリシアさんはどうしてノーザンライトにいるんだ？」

食事を終え、俺とアリシアさんの二人はアルカディアホテルの空中庭園にやって来ていた。そこで、アリシアさんに疑問をぶつけることにした。

「アリシアさんの身分は知ってるけど、実際、どんな仕事をしているのかよく知らないんだよな」

彼女が所属する聖教騎士団は、グリューネ聖教国の防衛を行っているが、場合によっては他国で活動することもある。普通の国の騎士団と違って、世界的な宗教国家の騎士団故に見られる特殊性だ。

とはいえ、内政に干渉しかねない活動は出来ないだろうし、聖教騎士だからこそ出来る活動をしているのだろう。しかし、それがなにかは想像が付かない。

「そうですね。一つは、魔人が出現した影響がこの地に残っていないかの調査ですね。どうやら魔族の残党もそれなりの数、こちら側に残っているようでして。それに北の方でも魔族の大部隊が、再び侵攻してくるという予測もあって、必要とあれば、この国の騎士団の方と連携する必要があるんです」

なるほど。魔族から人類を守護するというのは聖教国の理念の一つだ。彼女がここに来る理由としては至極当然なものだろう。

「それに、ノーザンライトで妙な動きが確認されるので、その調査も私の仕事になりますね」

「妙な動き？」

「結界のことです。暗黒大陸とこの大陸を繋ぐ四つの《回廊《かいろう》》では、強力な魔族が侵入出来ないように強固な結界が維持されているというのは、以前お話ししましたよね」

「ここの結界は何故か消滅してたんだよな。正直、とんでもない話だと思うんだが……」

「基本的に結界の維持はその国の義務ですから。ここの場合は、代々ノーザンライトを治めてきた四人の大貴族の代表が管理してきたんですけど」

「四人の大貴族？」

「このアルカディアホテルを治めるアルカディア家と、エヴァグレーズ鉱山の管理人であるリチャード家、ノーザンライト騎士団を管理するグレンヴィル家、そしてノーザンライト魔導研究所を治めるクロフォード家ですね。今はクロフォード家が代表として四貴族をまとめてるはずですけど……」

ノーザンライトは国内でもかなり珍しい、貴族達の共同統治という方式を採用している。この国で、どれだけ魔導具の技術が重視されているかがよく分かる。

「それで、そのクロフォード家の怠慢《たいまん》のせいで魔族が入りたい放題ってわけか」

「まあ、ありていに言ってしまえば……ただ、クロフォード家の現当主バジル卿とはお目通りが叶わなくて正直、お手上げでして」

「うむ。ということで、私が来たぞぉおおおおおおおおお！！！！」

二人で話し込んでいると、急に暑苦しい声が響き渡ってきた。

「このむせかえるほどの熱気を孕《はら》んだ声はもしかして……」

「そうだ。ブライくんの大親友エドだ。久しぶりだね」

この国の王であるエドモンドが背後に立っていた。彼は一時期【月夜の猫】に身分を隠して在籍しており、魔人との戦いでも共闘してくれた。それ以降、やけに親しげに接してくる。

「一体、どうして陛下がここにいらっしゃるんですか」

「おいおい、他人行儀な話し方はよしてくれ。気軽にエドくんでいいぞ」

「〝くん〟なんてお年じゃないでしょう……」

「それもそうだな。さて、私がここに居る理由は単純だ。魔族の大侵攻を警戒して、援軍を北のトレガノン城塞にやり、その指揮を執《と》るためだ。そして、連絡の取れないクロフォード卿に会いに来たのもその一つだ。アリシアくんには私の補佐をしてもらっているのだ」

「なるほど。聖教騎士は随分と忙しいんだな」

しかし、エイレーンは平和そのものだが、その裏では様々な問題が積み重なっているというわけか。

「そういえば、ブライくん。先日の救援、本当に助かったよ」

「まあ、そういう依頼ですから。今後も人手は必要そうだし、当然、その時は力は貸しますよ」

「かたじけない。きっと近々、手を借りる時が来るはずだ。その時は報酬も惜しまないぞ。なにか入り用のものはあるかい？」

「いや、急には思いつかないですけど」

定期的に依頼料ももらっているし、援助の名目でエイレーンの支援もしてもらっている。これ以上、というのは贅沢な話だ。

「まあ、その時までに考えておくといい。そうだ、アリシアくん。例の辻斬りの件も頼んだよ。他にも仕事はあるだろうが、ある程度そちらを優先してもいいとのことだ。他の聖教騎士諸君《しょくん》と協力しながら尽力《じんりょく》してくると助かる」

「辻斬りの調査を？　聖教騎士団も今回の事件になにか関係してるんですか？」

聖教騎士には不似合いな仕事だと思いつつ聞くと、アリシアさんが答えてくれる。

「ブライさん、実はその事件、妙な状況でして。被害者達の魔力がごっそりと奪われているんです」

「魔力を奪う？」

「はい。そのせいで、身体に変調を来《きた》す人もいるんです」

人の身体には大なり小なり魔力が流れている。食事から摂取する栄養、酸素、水など人体を維持する要素は数多くあるが、魔力もその一つだ。いかなる理由かは分からないが、その魔力を奪われれば人体にも悪影響が出るのは当然だろう。

「アリシアくんには、捜査というよりもその魔力が奪われた原因を調査してもらうつもりだ。相手の出方が分からねば今も犯人を追っている騎士団の諸君も対処のしようがないからな」

なるほど。今聞いただけでも聖教騎士団の仕事は多岐にわたるようだ。アリシアさん以外にも聖教騎士はいるらしいが、それでもかなり激務だろう。

「それでは私は失礼しよう。若い二人の甘いひとときを邪魔するものではないからな。フハハハハ」

最後にとんでもないことを言い残してエドは去って行った。

「なにか誤解しているな。あの国王様」

「そ、そそ、そうですね。私なんかが、ブライさんとなんて……そんな資格もありませんし……」

なんかってことないと思うけどな。

「むしろ、俺なんかじゃアリシアさんと釣り合わないだろう。アリシアさんは美人で、優しくて、器量が良くて、俺達がいた街区の男達の憧れだったからな」

「そ、そんな恐れ多いです。あの、わ、私ももう寝ますね」

アリシアさんが逃げるようにして去って行った。随分と顔を真っ赤にしていたが、意外と恥ずかしがり屋なところもあるんだな。

「俺も寝るか。本当にふかふかのベッドだったからな。さぞぐっすり眠れそうだ」

＊

ホテルで一夜を明かした翌日、俺は城に戻ると、事の顛末《てんまつ》をエスト達に説明するのであった。

「ふむ、つまりユキさんもこの私の計画を手伝ってくれるということかね？」

「まあ、そういうことだ」

エストは腕を組みながら仁王立ちすると、うんうんと頷《うなず》いた。

「しかし、温泉街の皆さんは協力的ではないので、これから少しずつ協力してくれそうな人を探さないといけないというわけですな」

「そうだな」

「うーん、それにしてもブライ氏、美少女と美女を拾ってくるのがうますぎでござるな？」

「人聞きの悪い……というか、そのしゃべり方はなんなんだ？　もしかして、あれか？　そこの変な男の影響なのか？」

俺は椅子に座る男性に目をやる。

「むふふ。久方ぶりですな、ブライ氏。レモンでござる」

自称植物学者のレモンさんが、何食わぬ顔で会議に参加していた。

「エスティアーナ氏がこれまでにない奇抜《きばつ》な湯治場《とうじば》を作ると聞いて馳《は》せ参《さん》じたでござる。これでも地質や水質にも詳しい故、色々と頼ってくれて良いでござるよ」

などと言っているのだが、果たして頼りにしていいものか。

「ちなみに、この辺りで温泉が湧き出すところに心当たりなんかは？」

「もちろんでござる。温泉というものは溶けている鉱物と霊子によって様々に効能が分かれるものでござるからな。よく、街の周辺の源泉の調査なんかしてたでござるよ」

「なるほど。そういうことなら……」

「ござる」

「色々と知恵を借りるのもありかもしれないな」

「ござる」

「ただ、一つ条件がある」

「ござる？」

「ござるの数は減らしてくれ」

「はい」


「奥はかなり暑いな……」

強烈な蒸気に当てられて、にじみ出る汗を拭いながら、俺はダンジョンの奥へと進んでいく。

「しかし、ここはアタリっぽいな。今度こそいい源泉があればいいんだが」

地質に詳しいと豪語《ごうご》するだけあって、レモンさんはノーザンライト周辺の温泉にかなり詳しかった。しかし、彼の助言に従っていくつか目ぼしいダンジョンに潜ってはみたのだが、以前見つけたほどの源泉はなかったのだ。

「はぁ……こんなことなら、一人で探すなんて言わなければ良かった。ここでもう十個目なんだが……」

ただダンジョンを攻略するだけなら特に苦はない。しかし、源泉がこんなにも見つからないものだとは思ってもみなかった。前に攻略したダンジョンでいきなり源泉を見つけたものだから、てっきりこのノーザンライトでは、ダンジョンに源泉があるというのはよくあることだと思っていた。

「とはいえ愚痴《ぐち》っても仕方ないか」

さっさとダンジョンを攻略してしまおうと、俺は奥へと進んでいく。

「ん？　なんかおかしいな」

そうして、しばらくダンジョンを進んでいる内に、ある違和感に気付いた。

「よく見ると、ここにいるであろう魔獣が一匹残らず討伐されているな」

周囲には、結構な数の魔獣の死骸が転がっていた。どういう仕組みか、ダンジョンの魔獣は一定時間経過すると復活する。それにもかかわらず、これほどの死骸があるということは、遠くない範囲に先客がいるということだろう。

「それにしても、この切り口は……」

魔獣の死骸を観察してみる。どの魔獣も一撃の内に討伐されたようだ。それも相当な力で叩き切られたのか、切り口はズタズタだ。おまけに物陰に隠れていたであろう魔獣や、逃げようとした跡が見られる魔獣までも丁寧に駆除《くじょ》されている。

「……念のため用心しておくか」

先客がどういう人物かは分からないが、どうにも鬼気迫《ききせま》るものを感じる。俺は一応の警戒をしながら、先客の後を追っていく。

「案の定、ここにも源泉か。それもかなり高温のものみたいだな」

以前のダンジョンにあったのは、温泉というにはかなりぬるい部類のものだったが、ここにあるのはかなり熱せられたもので、洞窟いっぱいに蒸気が満ちている。その蒸気をかき分けるようにして進むと、やがて剣撃と竜の咆哮が響いてきた。

「あのモグラっぽい体躯《たいく》、さてはアースドラゴンか？」

竜種の中でも、鉱物を主食にする種類がいる。消化の補助ではなく、栄養分として摂取する種だ。地竜《アースドラゴン》と呼ばれる彼らは、並の竜種とは比にならないほどに強固な岩石状の鎧を持ち、ずんぐりとした屈強な体躯を誇る。とはいえ、地底で暮らしている内に、翼と視力が退化してしまっているので、しっかりと対策をとれば中級冒険者でも倒すのは難しくない魔獣だ。しかし、相手は竜種。一人で挑めば思わぬことで足をすくわれることもある。

「ハァッ……ハァッ……なんて、硬い皮膚なんだ……」

体格からして青年だろうか。刺突《しとつ》に向いた細剣《レイピア》を操り、地竜《アースドラゴン》相手に必死な様子で斬りかかっている。蒸気で顔ははっきりと見えないが、騎士剣術の使い手のようだ。

「よく鍛錬を重ねているな。悪くない動きだ。だけどこれは……焦りか？」

相手の動きを見切り、機動力を活かしてかわすと、すかさず反撃の一撃を見舞う。騎士剣術の基本的な動きだ。何度も繰り返した鍛錬の成果か、極めて正確で鋭い動きである。しかし、狙いが甘い。あのように岩の鎧の上から斬り付けては、まともにダメージを与えられないだろう。

「クソッ……こんなところで躓《つまず》いてる場合じゃないのに!!」

それでも、青年は無謀な突貫《とっかん》を続ける。気迫だけは大したものだ。

「……加勢したほうがいいのだろうか？」

一瞬、戸惑ってしまう。

ダンジョンにおけるボス攻略の権利は早い者勝ちだ。既に交戦している冒険者の邪魔をしたり、報酬をかすめ取るのは言語道断だ。そのため、こういうときは加勢せず先客が撤退するか、助けを求めるまで手を出さないというのが、冒険者の間にある不文律《ふぶんりつ》だ。まだ若いとはいえ彼も立派な冒険者だろう。暗黙の了解に則って、その戦いに水は差さないというのがマナーというものだ。

「鎧は硬いが細剣《レイピア》でもうまく立ち回れば、勝機はありそうだが……」

相手の動きに合わせたカウンターや、鎧の隙間《すきま》を縫う繊細な太刀筋を繰り出せるのが細剣術《レイピア》の利点だ。地竜《アースドラゴン》は硬い鎧を持つとはいえ、その継ぎ目にある肉の部分を突けば、十分にダメージを与えられる。長期戦にはなるかもしれないが、そういったところを狙っていけば仕留めることは出来るだろう。

「強くならないと……いけないのに……」

青年が焦りの言葉を吐いた。

見たところ、足下がふらついている。既に疲労がピークに達しているのだろう。闘志だけでなんとか対峙している状態と言える。それでもと強敵に挑み、強さを求める想い、俺にも心当たりはあるが……このままでは地竜《アースドラゴン》の餌食《えじき》にされるかもしれない。

「はぁあああああ！！！」

青年が渾身の突きを繰り出した。鋭く強力な一撃だ。しかし……

「グァアアアアアアアア！！！！！」

青年の突きが鎧の隙間に突き刺さった瞬間、地竜《アースドラゴン》が激しく苦しみ出したのだ。

細剣《レイピア》を突き刺した青年は、暴れる地竜《アースドラゴン》に振り回される形となり、やがて地面に強く叩き付けられてしまう。同時に剣も岩石の鎧に挟まれてぽっきりと折れてしまったのだ。

「っ……!!」

その瞬間、俺は地面を思い切り蹴って地竜《アースドラゴン》の元へと走り出した。

手出し無用が不文律とはいえ、例外もある。それは交戦している冒険者に命の危険が迫っている場合だ。今の衝撃で青年は気を失ってしまっている。このままでは、彼の命が危ない。

「どうして助けたんだって、言われそうだな」

その鬼気迫る様子から、青年が人の助けを求めていないことはなんとなく察することが出来る。しかし、だからといって若い冒険者の命を散らせるわけにはいかない。俺は腰に佩《は》いた剣を抜くと、目の前の地竜《アースドラゴン》を一刀のもと斬り伏せるのであった。

「どうして……手を出したんですか?」

目を覚ました青年の口から飛び出したのは、予想通りの問いかけだった。余りにも予想ど真ん中であったため、少しおかしな気分であった。

「ダンジョンボスは手出し無用、冒険者の間での暗黙《あんもく》の了解でしょう!!」

そういって青年が睨《にら》んでくる。そこにあるのは報酬を横取りされたことよりも、折角得られたであろう強敵との戦いの経験を逃したことへの怒りのようだ。

「それはすまないと思っている。だが、君は気を失っていたし、剣も折れていた。あのままでは、命を落としていたかもしれない……」

「そ、そんなことはありません。少し、その……て、手こずっただけです!!」

魔獣を前に気を失うなど、手こずったというレベルではないと思うが……

「まあ、いいです。また、別のダンジョンでボスを倒せばいい話ですから。僕はもう行きますから、ついてこないでくださいね」

　そういって、青年はその場を去ろうとする。

「待ってくれ。まさか、体力も戻り切ってないのに、他のダンジョンに行くつもりか？」

「そうですけど、そのこととあなたになんの関係が？」

　無謀だ……確かに強くなりたければ実践あるのみだが、命を落としたら意味がない。

　彼は一人でダンジョンに潜り、危うく死にかけたのだ。それを見過ごすわけにはいかない。

　とはいえ、彼の中には強くなることへの渇望と焦りが垣間見える。そういう状態では、俺がなにを言っても聞き入れてはくれないだろう。

　ここは一つ、頭に血を上らせた彼に冷静になってもらうことにしよう。

「まあ、そうだな。俺にはなんの関係もない。だが、先輩冒険者として、ボスに負けた人間がどうなるかは正確に伝える必要がある」

「なんのことですか……？」

「冒険者の死に方でも、生きたまま魔獣に喰われるのは最も悲惨なものだ。特にあの地竜《アースドラゴン》は食い意地が張っててな。岩しか食べられないってわけじゃない。なんでも喰らうほどに悪食《あくじき》だから岩ですら喰らうんだ。そんな魔獣に生きたまま餌食《えじき》にされたなんて……想像するだけでもおぞましい」

「ひっ……」

　青年の顔が蒼く染まっていく。いずれ自分が遭っていたかもしれない事態を想像して、いくらか落ち着きを取り戻してくれただろうか。

「そういうわけで、ダンジョンを攻略する時は、仲間と一緒に入るか、安全にボスが倒せる場所に限定しよう。脱退したとはいえ、若い冒険者が魔獣の餌食になるなんて想像したくもない」

「……い、一理ありますね。確かに、頭に血が上って正常な判断が出来ていなかったようです」

青年はどうにか冷静さを取り戻したようだ。良かった。これで、若い冒険者が無為に命を散らすこともなくなる。

「それにしても、こんなところで会うなんて奇遇だな。リック」

「え、ええ、お久しぶりです……」

さて、この青年だが、俺の知り合いであった。ギルド【月夜の猫】のホープで、この前ガルシアと一緒にいた若手の内の一人だ。

といっても俺はあまり好かれていないようで、態度はよそよそしいのだが。

「その……自分はもう行くので。報酬は好きにしてください」

素《そ》っ気《け》ない一言を残すと、逃げるようにリックが去ろうとする。

「あ、待ってくれ。獲物を横取りしてしまったお詫びというわけじゃないが、少し稽古《けいこ》をつけさせてくれないか？」

「あなたが稽古を……？」

リックが怪訝《けげん》そうな表情を浮かべた。彼は以前から俺の実力を疑っていた。そんな相手に稽古をしようと持ち掛けられても、気が乗らないのも無理はない。

だが、どこか危うい雰囲気の彼を放っておくのは心配だ。今は冷静さを取り戻してはいるが、それでも放っておけない。なにより彼は、力不足で悩んでいた前の俺に重なるところがあるのだ。

「お断りしますよ。あなたから学べることなんてありません」

案の定、リックはすげなく断ったが、その返答は予想済みだ。

となれば、あまり褒められた手ではないが……

「そうだな。地竜《アースドラゴン》討伐も簡単だったしな」

「っ……あれはあなたが余計な気を利かせたせいでしょう!?」

俺はあえてリックを挑発することにした。

相手を怒らせてその気にさせるなど、あまり気持ちのいいやり方ではないが、先ほどのような焦りに満ちた剣で、折角の彼の才能を腐らせるのはもったいない。

「だが、そうしなければ君は死んでいた。そうじゃないか？」

「馬鹿にしないでください……あなたの助力なんてなくても本当なら……」

「それなら、俺と立ち会ってもいい勝負が出来るはずだろう？　それとも自信がないのか？」

「っ……いいでしょう。そこまで言うなら、手合わせぐらいには応じてあげます。その安い挑発に乗るようで癪《しゃく》ですけど」

こうして俺とリックは、剣を交えることとなった。しかし、その結果はあっさりとしたものだ。

「ハァッ、ハァッ……ど、どうして、僕の剣が当たらない……それに、あなたのその技は……」

俺は片手に握った剣を、胸の前で天に向けるようにまっすぐ立てると鞘《さや》にそれを収める。

この国で伝統的に扱われている、騎士剣術の所作だ。

「あなたみたいな冒険者が……どうして騎士剣術を扱えるんですか？」

リックが肩を上下させながら尋ねてくる。

「それを言うなら君もだろう？　まあ俺の場合は、師匠が教えてくれた剣の型の一つってだけだが」

「……だから、腹が立つんですよ。あなたみたいな万年雑用係が一足飛びに力を手に入れている。僕はこれが限界だっていうのに……」

やけに俺に対して突っかかるのはそういう理由か。リックの強くなりたいという想いは極めて強い。もはや執念と言ってもいいほどだ。そんな彼からすれば俺は、どれだけ努力しても到達出来ない領域に、土足で踏み入った無礼者というわけだ。

「確かに。事情を知らない君からすると、不愉快かもしれないな……」

「事情……？」

「俺はずっと、呪いを掛けられていたそうだ。どれだけ鍛錬しても成長しないという呪いだそうだ。レベルだけ上がって、ステータスが上がらないんだ。おかしいだろう？」

「なんですか、それ。初めて聞きましたけど」

俺に掛けられた呪いは、相当強力なものだった。

かつての仲間レヴェナントは国内でも指折りの魔道士だが、そんな彼でも容易に解呪出来ないほどであった。結局、【ログインボーナス】が呪いを解いてくれたお陰で、これまでの鍛錬分、一気に力を身に付けたというのが真相だ。

「俺も初耳だし、そんな呪いがあるなんて知らなかった。だから、今のリックのように、がむしゃらにダンジョンに潜っていた」

「だいたい、どれぐらいですか？」

「一日に五ヶ所だ。ギルドでの仕事を終えたら、毎日五ヶ所はダンジョンを回っていた」

一つのダンジョンの攻略に掛かる時間は約一時間だ。時間的には、仕事終わりから寝るまでの時間は全て、鍛錬に当てていたことになる。

「それなら、あなたにも僕の気持ちは分かるでしょう？　強くなるためには、戦い続けるしかないんです。それなのに、あなたは僕の邪魔をして……」

「そうだな。俺と君は似た者同士だ。だけど、一つだけ違うところがある」

「それは？」

「俺はいつでも自分の命を最優先にしていた。死んだら、どんな鍛錬も無意味になるからな」

「…………」

「君は自分の命をあまり大事に思っていない。いや、優先順位が低いといったところか」

「そうです……僕の命は僕だけのものじゃない。守るべき人に捧《ささ》げたものなんだ」

執念とも呼べるほど鬼気迫る闘争心、その源はそこにあったようだ。

「あの、ミレイっていう子か？」

「ご想像にお任せします。とにかく、僕は守るべき人のために強くならなくちゃいけないんだ。そのためには多少の無茶だって仕方ないんだ。呪いとやらで成長が止められていただけのあなたには分からないでしょう」

「リックは自分の才能が打ち止めだと思ってるんだな」

呪いを受けていた俺には、リックの気持ちが多少は分かる。本当に自分の鍛錬は正しいのか？　いくら努力してもそれが報《むく》われることはないのでは？　自分の限界はとうにやってきていて、無駄な努力を重ねているだけなのでは？

俺はかつて、そんな想いに囚われて生きていた。リックもきっとそうなのだろう。先ほど呟いた『限界』という言葉、それこそがリックの不安な心を表していたのだ。

「……だが、限界を決めるには早過ぎる」

「え……？」

「さっき、手合わせして気付いたはずだ。君は、俺なんかよりもずっと騎士剣術の才能に溢れている」

「そんなことは……」

「謙遜《けんそん》するな。君の足運びや剣筋を見れば分かる。これまで君が積み重ねた鍛錬がいかに凄まじいか。そんな君が、鍛錬通りの実力を発揮すれば、地竜《アースドラゴン》だって倒せたはずだ」

限界などとは言っていたが、その実、リックは普段の実力を真に発揮し切れていなかっただけだ。さっき立ち会ってみて、それがよく分かった。

「強くなりたいと思うことは悪いことじゃない。だけど折角、いい才能を持ってるんだ。それを活かせるように、もう少し易しいダンジョンに挑んでみないか？　無理にキツいダンジョンに挑むよりかは肩の力も抜けて、いい鍛錬になると思うぞ」

「………」

リックはそれきり黙りこんでしまった。とはいえ、無視されているわけではなく、彼なりに俺の言葉を反芻《はんすう》しているのだろう。きっとそうだ。そうだと信じたい。本当に無視したりしてないよな？

ともかく、我ながら随分なお節介をしてしまった。なんと、気の利いた先輩なのだろう、俺は。などと心の中で自画自賛して、俺はその場を後にしようとする。すると——

「待ってください」

リックが俺を引き留めた。そして……

「どうか、今後も僕に稽古をつけてくださいませんか。今までの非礼も詫《わ》びます」

深々と頭を下げて、俺にそう頼み込んでくるのであった。

「本当は怖かったんです。ギルドのみんなが馬鹿にしていたブライさんが、力をつけたことを認めるのが……あなたの力を認めてしまえば、僕は自分とあなたが決定的に違うことを嫌でも自覚してしまう。あなたには本当に才能があって、自分はここで打ち止めなんだと」

「俺としては断る理由はないが……」

先ほどはお節介を焼いたが、よくよく考えると、これまで誰かに剣の指導をしたことなどない。果たして安請け合いをして良いものか。

「あ、もちろん。これまでのお詫びに、どんな雑用も請け負います。身の回りの世話もしますからどうか……」

雑用……これからエストの案を形にするに当たって、人手はいくらあっても足りないぐらいだ。

特に必要なのはダンジョン巡りだ。攻略したダンジョンはここで十個目。だというのに、見付けた源泉はまだ一つ。レモンさんからは、源泉が一つでは物足りないから、様々な泉質のものを見つけ出すように言われている。

そうなると、リックに手伝ってもらう方がいいだろう。幸い、ダンジョンの魔獣を全滅させるぐらいには腕が立つ。地竜《アースドラゴン》相手に手こずってはいたが、それでもしっかりと鍛錬し直せば、並のボスなら討伐出来るはずだ。

「分かった。俺で良ければ力になろう。あくまでも我流の稽古になるが、それでも大丈夫か？」

「もちろんです」

「よし。それなら決まりだ。それと俺は今いろいろと忙しい。遠慮なくこき使うつもりだから、そっちも覚悟しておけよ」

こうして俺は、新たに人手を確保するのであった。

＊

「それにしても今度はあの時の、失礼なメガネくんを仲間にしたんだ」

エストが呆れたような表情でこぼした。なんだか、最近よくエストに呆れられているような気がする。

「まだ根に持ってたのか？」

「そりゃ、あんな言い方されたらいい気しないもん。ブライが気にしなさすぎなんだよ」

あんな言い方をされたのは俺だというのに、エストが怒るのも変な話だ。とはいえ、本人に言ったらなんだか怒られそうなので、黙っておくことにした。

「いずれにせよ、源泉を確保するには人手が必要だ。というか、よくよく考えたらダンジョンなんて探せば無数にあるんだから、一人で源泉を探すなんて無謀もいいところだよな」

まったく、誰だ、一人でダンジョンを調べるって言ったのは。俺か。

「だよね。やっぱり私も手伝えば良かった」

「まったくです。私達もいるんですから、もっと頼ってください」

エストもラピスも不満げだ。

「まあ、そうだな。これからは頼む。さすがに一人じゃしんどい」

長らくパーティから外れて一人で仕事していたからだろうか、他人に頼るというマインドがなくなっていたのかもしれない。今度はもう少し、彼女達に頼るとしよう。

「とはいえ、レオナには色々と頼りすぎて、無理をさせてしまったんだよな」

「うん、そうだね……」

心配なのはもう一人の仲間のレオナだ。元々、スパリゾートを作ろうなんて話になったのも、彼女が急に倒れたからだ。大事になってなければいいのだが。

「容態はどうだ？」

「一応、目は覚ましたよ？　だけど熱は出てるし、頭痛や倦怠感《けんたいかん》も収まってないみたい」

「過労の症状ってやつか」

冒険者の中でも、急に倒れてそのような症状を見せる者は少なくない。特に駆け出しの冒険者なんかは、体調管理が甘く、気合いが空回りして……という話をよく聞く。

「だが、熱が出てるのは気になるな。風邪だったりはしないのか？」

「うーん、どうだろう。私も医者じゃないから」

「咳や鼻水のような症状はないので大丈夫かとは思います……ですが、風邪でないとすると、治癒魔法が効かないので逆に心配です」

ラピスには治癒魔法を掛けてもらっているが、あれは専《もっぱ》ら外傷に効くものだ。疲労やストレスが由来の不調には効きにくいのだ。症状は多少和らぐだろうが、根本の治療にはならないのだ。

「なるほど、過労とな。それは心配でござ……心配ですな」

「レモンさん、いたのか」

城の応接間は人の立ち入りを禁止していない。村人なら誰でも入っていいと言っているので、彼がいても不思議ではないのだが、それにしても神出鬼没《しんしゅつきぼつ》というか。いつも、気付いたらそこにいる人だ。

「しかし、そうなると、ブライ氏の見付けた温泉が役に立つでござ……ますよ」

以前、俺が言ったことを気にしてか、レモンさんの口調が一層妙なことになっている。

「別にそこまで気にしなくていい。常識的な範囲なら、別にござると言っても気にしたりしない」

そもそも、常識的な『ござる』とはなんなんだという話だが。

「そうでござるか？　いやあ、もうすっかりこの喋り方に慣れてしまって、直すの大変なんでござるよ。これで肩の荷が下りた気分でござる。ということで早速、本題に入るでござるよ」

レモンさんが急に饒舌《じょうぜつ》になった。なんだか、活き活きしているように見える。

「レオナ氏が過労ということでござるが、そういう疲労にこそ温泉はよく効くでござるよ」

「確かに、昔から疲労回復の手段として温泉は愛されてきたというな。俺も冒険の疲れを癒やしたりしていた」

「温泉は身体の血行を良くし、新陳代謝を活発にさせる効果があるでござるからな」

「だが、体調が悪い時に入ってもいいのか？」

「風邪の症状が激しい時はもちろん控えた方がいいでござる。ただ、過労の場合なら、ある程度体調が戻りつつあるなら、むしろゆっくりと浸かって回復に努めた方がいいでござるよ。折角でござる、拙者が丁度いい温度にしてくるでござるよ」

なんだか今日のレモンさんは随分と気が利くな。どちらかというと、自己本位な人物だと思っていたが、それは偏見だったようだ。人を見た目と言動で判断するのは良くないということか。

「それは助かるな。なら、エスト、ラピス。レオナを温泉に入れてやってくれないか？　さすがに一人だと心配だしな」

「りょーかい」

＊

さて、そんなこんなで私――エストは、ラピスちゃんと一緒に、レオナちゃんを温泉に入れることとなったのだ。

「レオナちゃん、起きてるー？」

「おきてるー」

寝起きだろうか。まぶたをしばたたかせながらボーッとしている。ラピスちゃんがそのおでこに手を当てて、頷いた。

「熱もだいぶ下がってきてるみたいですね。レモンさんのおっしゃった通り、温泉に入っても大丈夫かもしれません」

「良かった。レオナちゃん、今から温泉に行こうと思うんだけど、一緒に入る？」

「おんせん……？」

「そう。ブライが用意してくれたんだよ」

「うーん、はいる」

それにしても、寝起きなせいか、今日のレオナちゃんはとてもかわいい。まるで、小さな妹が出来たような気分だ。

「今日のレオナはなんというか、〝ぽわぽわ〟していますね」

「ぽわぽわ……確かに」

うまく言葉には言い表せないが、ラピスちゃんの言った『ぽわぽわ』はすごくしっくり来る。

「いつもは、もう少しつんつんしてるからねー」

「そうですね。自分のことは自分でなんとかしたがるというか」

そんなやけに〝ぽわぽわ〟なレオナちゃんをゆっくりと起こして肩を支えると、私達は浴場へと向かっていく。今日のレオナちゃんは本当に素直だ。

「そこ、階段がありますから、気を付けてください」

「はーい」

素直な返事をして。

「お洋服、一人で脱げる？」

「エストがぬがしてー」

無防備に両手を上げて、私に服を脱がせてもらい。

「まずは身体洗おうか」

「うー」

私達の為《な》すがままに身体を洗われ、全身がスッキリした頃に。

「ここどこ!?」

すっかり元に戻っていた。

「おはよう、レオナちゃん」

「エストにラピス……それにここは……？」

「ブライが用意した温泉だよ」

「それって夢だったんじゃ……」

私が黙って、今浸かっている浴槽を指差すと、レオナちゃんの唇がわなわなと震え始めた。

「うそ……今までの全部、現実……？」

「かわいかったね、レオナちゃん」

「ええ。普段とのギャップに溢れて――」

「忘れてぇえええええ」

ラピスちゃんの声を遮って、浴室に悲鳴が響き渡ったのだった。


それから数分後。

「不覚をとったわ……あんな姿を見られるなんて」

そう言って、レオナちゃんは湯の中でため息をついた。

「いやあ、意外だったなあ。寝起きのレオナちゃん、あんな感じになるんだ？」

「とても珍しいものが見られましたね」

私達は思わず笑い合う。

「あれは夢の中だと思って油断してただけだから!!」

「ふーん……じゃあ夢の中じゃあんな風に、いつも私達に甘えていたと」

ムキになるレオナちゃんがあんまりにもかわいいので、私は少し意地悪がしたくなる。

「な、ち、違うわよ!!　眠気で頭がボーッとして少し油断してただけで……」

　一体、いつぶりだろう。こんな風に年の近い女の子達と楽しくおしゃべりをするのは。

　誰一人として知り合いのいない遥《はる》か未来で、うまくやっていけるのか不安になることもあった。だけど、ブライやレオナちゃん達と過ごす日々はとても居心地が好い。知り合って、それほど日は経ってない。きっとお互いのこともまだよく知らない。それでも、まるでかわいい妹と優しい姉が出来たような気分だった。

　一人っ子の私には、それがどういうものかはよく分からないけど、きっと兄弟姉妹というのはこんな感じなのだろう。

「エスト、なにをニヤニヤしてるの？」

「え……？　ウソ、顔に出てた？　な、なんでもないよ」

「そうかしら？　随分といやらしい表情だったけど」

「い、いやらしくないよ!!　普通だもん!!」

　さっきまでの仕返しか、レオナちゃんが意地悪な笑みを浮かべる。

「うーん、でも、レオナはすっかり元気になったみたいですね」

「まあ、あれだけ眠ればね。うーん、解析も佳境《かきょう》だったのになあ」

「確か、ブライとエストが見付けた魔導具を解析してたんですよね？」

「どちらかというと、《古代遺物《アーティファクト》》かしら。使われている技術は似てるけど、より高度なものが使われている。だから、同じものを量産しろと言われたら不可能だし、修理も本当に出来るか分からないけどね」

《古代遺物《アーティファクト》》というのは、私がいた時代でも研究されていたもので、当時もその再現は極めて難しいとされていた。《古代遺物《アーティファクト》》を真似て、今の時代で言う魔導具を生み出す研究もしていたが、それでもあの列車のようなものは生み出されなかったし、技術の進歩はすごい。

「乗り物……なんだよね？　あの王都に行く時に見た魔導列車みたいな」

「そうね。きっと、用途は限りなく近いもののはず。今の技術だと、鉄の乗り物に霊子機関を載せて動かすのが精一杯だけど、あれはもう別次元の代物ね。レールも乗り物も全部、自前で用意しちゃうんだから」

そう言って、《古代遺物《アーティファクト》》のことを語るレオナちゃんの目は、キラキラと輝いていた。女の子っぽい趣味ではないけど、好きなことに全力になれるのはとてもいいことだ。うんうん。

レオナちゃんが半目でこちらを見る。

「って、その微妙に温かい目はなによ？」

「いやあ、かわいい妹だと思って」

「い、妹って、私とあなたは一つしか離れてないでしょう？」

「でも、レオナちゃんはあまり同年代って感じがしなくて」

「どういう意味よ」

「うーん、それはもうねえ……」

私はポンポンとレオナちゃんの頭を撫でる。

「なによ」

「うんうん、レオナちゃんは小さくてかわいいねえ」

「身長のこと？　私の身長のこと言ってるの⁉」

「ふふふふ……」

「なんか言いなさいよ‼」

レオナちゃんは平均よりは背が低く、小柄な方だ。

だから、感覚としては妹だ。

「だいたい、身長で上下を決めるなんてナンセンスなんだから」

「じゃあ、なにで決めるの？」

「精神年齢」

「ひ、ひどいよ。私の方が低いって知ってて、言ってるでしょ‼」

「自覚はあったのね……」

確かに、私がいた時代でも『エストは子どもっぽいね』なんて言われることはよくあった。

だから、少し気にしてはいたのだ。

「でも、そういう明るいところが、エストの魅力だと思いますよ」

「ラピスちゃあん……」

ラピスちゃんの不意打ちの優しさにほろっとする。私は思わず、彼女の胸に飛び込む。

「ほら、やっぱり子どもじゃない」

「さっきのレオナちゃんほどじゃないもーん」

「そ、それはいいでしょう!!」

「ふふ……」

ラピスちゃんはそんな私の頭をそっと撫でてくれる。やっぱり、彼女の包容力はすばらしい。年もそうだが、性格的にもお姉さんだ。

「まったく、ラピスもエストにはどこか甘いわよね」

「彼女を見てると昔を思い出すんです」

そういって、ラピスちゃんは物憂《ものう》げな表情を浮かべる。

「ラピスちゃん、もしかして妹がいたり……」

「いえ、リスを飼ってたんです。もう亡くなってしまいましたけど」

「……エストはリス扱いと」

「ひどいよっ!!」

とんだお姉さんだった。


ひとしきり笑い終わったところで、レオナちゃんが息をついた。

「はぁ……それにしても温泉はいいわね」

「そうだねえ。これで露天だったら最高なんだけど」

城の中にある温泉は、一般的な浴槽に源泉を引き込んでいるだけなので、残念だけど外の景色を楽しみながらとはいかない。

「ブライのスキルなら露天も作れるかもしれませんよ」

「そうね。街には露天風呂もなくはないから、それを元にすれば再現出来るかもね」

「うーん、楽しみだなあ。あ、でも、街の職人さんはあまり協力的じゃないって」

前にブライが街に行った時の話は聞いていた。ユキさんっていう人は色々と手伝ってくれると言っていたが、他の人達はあまり乗り気ではないという。

「温泉街は保守的というか職人気質な人が多いのよ。あまり外の人の力は借りたくないんでしょ」

「やっぱり、無謀だったのかな。スパリゾート」

ただの思いつきだったので、正直どうやって再現するのかはまったく考えていなかった。

だけど、話が進んでいく内に、それが想像よりも遥かに難しいということを実感していた。

「私は興味ありますけどね。エストが味わったっていう、そのすぱりぞーと」

「ちょっとだけ話はしてたわね。あんまりちゃんと覚えてないんだけど」

二人に聞かせようと、私は昔の記憶を呼び起こす。

「温泉がいっぱいあったんだよ。ぶくぶく泡が出るものとか、電気が流れるものとか、シュワシュワのとか。あとサウナとか」

「しゅわしゅわ……炭酸泉っていうのは入ったことあるし、サウナもノーザンライトでは珍しくないけど、他のは聞いたことないわね」

「ええ、電気を流して痺《しび》れたりはしないのでしょうか」

「気持ち良かったよ。痺れるどころか、身体中の凝りを揉みほぐしてくれるんだから。最初はくすぐったくてあれだったけど」

あれは一体どういう仕組みだったんだろう。電気の力、というのは書いてあったが、詳しい原理はさっぱり分からない。

「エストの時代には面白い発想の温泉がたくさんあるのね。それを再現するのも面白そう」

「って、レオナちゃんは倒れたばっかりなんだから無茶しちゃダメだよ」

なんのために今日温泉に入れたと思っているのか。

「大丈夫よ。体調もすっかり元に戻ったし、今はこんなに立派な温泉もあるんだから」

「でも、元々はレオナちゃんに元気になってもらうつもりで考えたのに、それをレオナちゃんに手伝ってもらったら、なんかおかしいような」

「細かいことは気にしないの。それに、村の人や温泉街のためでもあるんでしょ？　それなら私が手伝うのが筋じゃない？　それに、私の目的のためにもなるだろうし」

「目的？」

そういえば、レオナちゃんがこの村に来た経緯については、ちゃんと聞いてなかった。街から逃げるようにしてやってきたということは分かるが、彼女の身に一体なにがあったのだろう。

「ノーザンライトを取り戻すことよ」

そう言ったレオナちゃんの眼差しは、今までにないほど真剣だった。

第五章

「ブライさん、ダンジョンを攻略してきました。源泉も確認出来ましたよ」

「ありがとう。リックが攻略したダンジョンでも転移門を繋げられてラッキーだったな」

数少ない源泉の確保のために、俺はリックと手分けしてダンジョンを攻略していた。俺以外の人間が攻略したダンジョンでも良いのか疑問だったが、杞憂《きゆう》に終わったらしい。

――リック様はブライ様の協力者として認定されていますので、特例です。

そういうことか。ものは試しだったんだが、うまくいって良かった。

「本当に助かった。また、頼むかもしれないからその時は頼む。ただし、この前みたいな無茶だけはするなよ。強くなるにも冒険者としてうまくやっていくにも、命あっての物種だからな」

「まったくです。リックはもう少し反省した方がいいですね」

村の入り口に立って、しばらく二人で話し込んでいると、栗毛の女性冒険者がやってきた。

確か、ガルシアと共にいたミレイという新人冒険者だ。

「そのことについては反省しているから、そろそろ許してくれよ」

「ダメ。ブライさんがいなかったら、死んでたかもしれないんだよ？　あなたの身にまでなにかあったら、私はどうすればいいの……」

なにか深刻な事情でもあるのだろうか。ミレイは随分と心配そうな表情を浮かべている。

「ということで、ブライさん。私も手伝わせてください。聞けば温泉街に新しいリゾート施設を作って盛り上げようという話じゃないですか？」

「俺は構わんが、冒険者の仕事は大丈夫か？」

「はい。いい感じに空いた時間でお手伝いします。ダンジョン攻略で稼げば、ギルド的にもOKでしょうし。私ももっと鍛錬してブライさんのようになりたいと思ってたんです」

「そういうことなら、ぜひ頼みたいが、リックは大丈夫か？」

「正直、不安です。ミレイのお守りをしながら、ダンジョンを攻略出来る自信は……」

「なによそれ。私だって魔法は得意なんだから。リックは回復魔法なんて使えないでしょ」

「それはそうだけど、ミレイが戦いの訓練を始めたのは最近のことだろう？　冒険者になるって言いだしたのも急な話だし」

なにやら痴話喧嘩《ちわげんか》らしきものが始まった。村の人達が見てるから、よそでやって欲しいんだが……

「ああ、分かった。分かった。それなら、俺がなんとかしよう」

以前、【ログインボーナス】で生み出した防具があったよな？　あれを【複製】してくれ。

——かしこまりました。

無機質な声と共に、目の前にアイテムが生成される。

疾風のケープに守護のマントだ。以前、《タレットオーブ》を生み出すのに、何度も【開発】を行った時に手に入れた副産物だ。駆け出しの冒険者が装備するものとしては上等な類だろう。

「この装備を持っていけ。Cランク装備だから、それなりに役に立つはずだ」

「えっと、よろしいんですか？　こんなにいいものをもらって？」

「いいや、貸すだけだ。傷は付けてもいいが、必ず返せ。つまり、死ぬな」

そう言って俺は二人に装備品を押し付ける。

「そうすれば、お前達も無茶なことは出来ないだろう？　駆け出しの冒険者は向こう見ずだからな。しがらみを背負って慎重になるぐらいが丁度いい」

「あ、ありがとうございます!!」

ミレイとリックが深々と頭を下げる。これで二人とも無謀な行動はしないだろう。

高難易度のダンジョンに行かせるつもりもないので、安全に帰還出来るはずだ。

さて、新たな協力者を得たことで、ダンジョン探索の効率は格段に上がった。この調子でどんどん源泉を確保していくことにしよう。


源泉の確保を進める一方で、重要なのは、スパリゾート建設のための土地の確保だ。温泉街には手頃な空き地もなく、土地探しは難航するかと思われた。しかし……

「そういうことなら、こちらを使ってくれて構わないよ」

ニコルさんに相談したところ、観光協会の管理する会館を改装していいという話になったのだ。

「いいんですか、ニコルさん？」

確か、前に聞いた話だと、観光街でエストの提案に協力してくれるという人はいないという話だった。ニコルさんもあまり協力的ではないと思っていたのだが。

「私個人としては、今の温泉街をどうにかしたいと思っている。だけど、アルカディアホテルの実質的な経営権は父に握られていて私には何も出来ない……だが、観光協会の建物は別だ。ここの経営を任されているのは私だ。だから遠慮せずに使ってくれて構わないよ」

「ありがとう、お父さん!!」

そう言ってユキさんは、ニコルさんに抱きついた。ニコルさんの表情が、だらしなくニヤけ始めた。

「なるほど。愛娘たっての願いを叶えたい一心といったところですか」

「いやいや、ここも古いから元々改装したいなとは思ってたんだよ？　本当だからね？」

そんなこんなで、俺達はあっさりと温泉街での足掛かりを手に入れた。かなり古い建物ではあるが、立地はいい。なにせ、駅の目の前にあるのだから。ここを観光客の目を引くようなインパクトのある施設に改装すれば、温泉街は賑わうだろう。手探りではあるが、俺達はこの古びた会館の改造計画を推し進めるのであった。

「足湯なんかはどうだ？　温泉の滝を壁面に設置して、足湯スペースを設けるんだ」

「いいかもしれませんね。足湯は気軽に楽しめますし、ここはかなり冷えますから。街を訪れた人にまず、温泉の魅力の一端を体験してもらいましょう」

会館に人を集めるための施策を練り。

ゲーム世界系

VR・AR様々な心躍るゲーム
そんな世界で冒険したい!!
プレイスタイルを
選ぶのはあなた次第!!

とあるおっさんのVRMMO活動記

椎名ほわほわ

VRMMOゲーム好き会社員・大地は不遇スキルを極める地味プレイを選択。しかし、上達するとスキルが脅威の力を発揮して…!?

既刊23巻

THE NEW GATE

風波しのぎ

目覚めると、オンラインゲーム(元デスゲーム)が"リアル異世界"に変貌。伝説の剣士が、再び戦場を駆ける!

既刊19巻

のんびりVRMMO記

まぐろ猫@恢猫

双子の妹達の保護者役で、VRMMOに参加した青年ツグミ。現実世界で家事全般を極めた、最強の主夫がゲーム世界で大奮闘!

既刊10巻

定価:各1320円⑩

実は最強系

アイディア次第で大活躍!

追い出された万能職に新しい人生が始まりました

東堂大稀　既刊5巻

万能職とは名ばかりで"雑用係"だったロアは「お前、クビな」の一言で勇者パーティーから追放される…生産職として生きることを決意するが、実は自覚以上の魔法薬づくりの才能があり…!?

落ちこぼれ[☆1]魔法使いは、今日も無意識にチートを使う

右薙光介　既刊8巻

最低ランクのアルカナ☆1を授かったことで将来を絶たれた少年が、独自の魔法技術を頼りに冒険者としてのし上がる!

定価:各1320円⑩

自衛隊×異世界ファンタジーの決定版!
最新巻好評発売中!!
ゲート
GATE
SEASON 2
自衛隊　彼の海にて、斯く戦えり
柳内たくみ 著
Yanai Takumi
既刊5巻
定価：各1870円⑩

月が導く異世界道中
Tsukiga Michibiku Isekai Dochu
あずみ圭
Azumi Kei
既刊16巻+外伝1巻
2021年7月より
TVアニメ化決定!!
神と人族から
見捨てられた男の
異世界世直しファンタジー
定価：各1320円⑩

続々刊行中! 話題の新シリーズ

転生・トリップ・平行世界…
様々な世界で主人公たちが
大活躍する新シリーズ!

この面白さを見逃すな!

レベル596の鍛冶見習い

寺尾友希　既刊2巻

鍛冶師を夢見るノアは生活のため自力で集めた素材で農具を打っていた。だが、素材はどれも激レアで!?無自覚で英雄越えのレベル596になった少年の物語が始まる——!!

最強Fランク冒険者の気ままな辺境生活?

紅月シン

最果ての街にふらっと来たFランクの少年、ロイ。新人と思いきや実は魔王を倒した勇者だった!!ロイの無意識なチートで街は大きな渦に呑まれていく…

全3巻

神に愛された子

鈴木カタル

善行を重ね転生したリーンはある日、自らの称号に気づく。様々な能力は称号が原因だった!!更に伝説の聖獣に呼び出され…!?

既刊5巻

初期スキルが便利すぎて異世界生活が楽しすぎる!

霜月雹花

転生後、憧れの冒険者になるが依頼は雑用ばかり…。しかし、持ち前の実直さで訓練を重ね、元英雄が認めるほどの一流冒険者に!?

既刊6巻

前世で辛い思いをしたので、神様が謝罪に来ました

初昔 茶ノ介

神様にお詫びにもらった全属性魔法を使用し、転生後まったり森で暮らしていたサキ。しかし、魔物に襲われていた人間を助けたことで波乱の幕が上がる…!?

既刊2巻

チートなタブレットを持って快適異世界生活

ちびすけ

ケントはタブレットを持ったまま異世界に来てしまった…雑用係としてパーティに入れてもらうが、チートアプリのお陰で家事にサポートに大活躍!?

既刊4巻

大自然の魔法師アシュト、廃れた領地でスローライフ

さとう

魔法適正「植物」のため実家を追放されたアシュト。第二の人生はスローライフと考えていたが、レア種族がどんどん集まって来て!?

既刊5巻

水しか出ない神具【コップ】を授かった僕は、不毛の領地で好きに生きる事にしました

長尾隆生

シアンは成人の儀で水しか出ない神具【コップ】を授かり、順風満帆な人生から一転、追放される…しかし、【コップ】には秘密があり…!?

既刊3巻

勘違いの工房主

時野洋輔

「戦闘で役に立たない」とパーティを追い出されたクルト。工事や採掘の仕事でも役立たず…と思いきや、実は戦闘以外の全適正が最高ランクで!?

既刊7巻

もふもふが溢れる異世界で幸せ加護持ち生活

ありぽん

神の手違いのお詫びの加護持ちで異世界へ……ジョーディ。1番の……ラックパンサーと……誕生日祝いでは……その先では大……

既刊1巻

愛され王子の異世界ほのぼの生活

霜月雹花

アキトは転生者特典のガチャで大当たりを引き、チート王子として生を受けた。戦争や国の大事業に巻き込まれるが意地でもスローライフを目指すことに…!!

既刊3巻

泣いて謝ら……教会には戻……

ヒツキノ……

セルビア……破棄を……された……と出会……とにな……が次……

既刊1巻

追い出されたら、何かと上手くいきまして

雪塚ゆず

紫の髪と瞳のせいで家から追放されたアレク。素性を伏せ英雄学園に通うと桁外れの才能で人気者に!!実は彼の髪と瞳の色には秘密があり——!?

既刊4巻

余……自……

既刊1巻

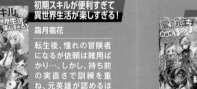

「温泉の中でジェラートを売るのはどうかな？」

「エスト、温泉でジェラートなんて聞いたことないぞ」

「でも、真冬にあったかい毛布にくるまれながら、あえてキンキンに冷えたジェラートを味わうのは最高の贅沢だよ。常識だよ」

他のホテルでは見られないようなサービスを考え。

「炭酸泉《たんさんせん》、硫黄泉《いおうせん》、塩化物泉《えんかぶつせん》などなど……種類はかなり揃ってるでござるな」

「でも、インパクトが足りないなあ。やっぱり、泡の湯だよ」

「エストが見たっていうやつか。さすがに、想像がつかないんだよなあ」

新機軸の浴槽の開発をするなどして、スパリゾートを徐々に形にしていくのであった。

「ところで、ブライ。ちょっとこっち来てよ」

スパリゾートに追加する施設の案を出し合い、実際にそれらの建設を進めていると、エストが俺を浴室に呼び出した。ちょうど、泡の出る浴槽の研究が行われているところだ。

「ほらほら、どうよ～」

エストは少し小柄な少年の肩を押しながら、俺の前に連れてきた。

「……すまん、エスト。この少年は誰だ？」

「レオくんです」

「レオくん？」

目の前にいるのはベレー帽を被った金髪の少年だ。

「レオ、レオ……って、まさか」

「そう、レオナちゃんの変装です」

「どうやら、その様子だとうまく誤魔化せてるみたいね」

なるほど。レオナはこれでも追われる身だ。スパリゾート建設に携《たずさ》わるにしても、バレないように行動する必要がある。そのための変装というわけだ。

「ラピスちゃんに変装の魔術を教わって良かったね」

「髪型と髪色、目の色を変えただけで、男の子に間違われるのは複雑な気分だけどね」

「でもでも、凄くかわいいし。ちょうど弟も欲しかったたし、全然オッケーだよ」

「なにがオッケーなのかしら」

追われる身のレオナがスパリゾート建設に参加するのは少し不安だったが、これならよく見知った人間でも気付かないだろう。

＊

さて、スパリゾート建設は順調に進んでいる。しかし、温泉街の住人の反応は微妙だ。

「ニコルさん、あんたまだそんな無駄なことをしてるのかえ？」

ニコルさんに監督されながら、施設の前面に足湯を作っていると、不意に声が聞こえた。声の方へと振り向くと、険《けん》のある顔をした老齢の男性と、大柄な男が俺達を見ていた。

「え、ええ。ユキも温泉街を盛り上げたいと張り切っていますから」

「無駄な努力じゃねえか。そんなことして何になるんだ？」

大柄な男性が乱暴な口調でニコルさんに詰め寄る。この温泉街で宿屋を経営している人達のようだ。

「ですが、このままだと観光客が減るばかりです。せめて協力ぐらいは……」

「そうしてアルバート様の不興を買って、わし達に散々迷惑を掛けたのを忘れたのかえ？」

アルバート……この間怒らせてしまった、ユキさんの祖父のことか。

「温泉街のことはアルバート様がどうにかしてくれるじゃろうて。おとなしくしてるのが一番じゃ」

「第一、若者ウケする施設なんて作っちまったら、この伝統ある温泉街の景観《けいかん》も文化もめちゃくちゃになる。もう少し、周りのこと考えた方がいいんじゃねえか？」

「その辺りの外観は、ちゃんと考慮しますから」

「そもそも作るなっつー話なんだが」

「その、どの道、この古びた会館も改装しないといけませんし……」

ニコルさんは、二人を前にしてなんだか萎縮《いしゅく》しているようだ。彼らの間に確執《かくしつ》めいたものを感じる。以前、なにかがあったのだろうか？

「なあ、ニコルさん。あの時、俺らがどれだけ苦労させられたか、忘れたのかよ!!」

「うむ。あんただって、奥さんを……」

「騎士さん、こっちです!!　こっちで怪しい二人組が!!」

二人がヒートアップしかけたその時、エストの叫び声が響いた。声の方へと向くと、エストが騎士を伴ってこちらを指差していた。あの鎧はノーザンライト騎士団のものだ。

「なにやら、騒ぎが起こっていると聞いたが、事情を伺っても？」

爽やかな雰囲気の金髪の騎士は、二人に詰め寄る。

「い、いや、温泉街の仲間として、ちょっとした討論を交わしてたんですよ。騎士さん」

討論じゃなくて口論だろう。ついシャレを言いそうになってしまった。

「と、とにかく、わしらはもう、立ち去るところじゃ。騎士さんが心配することはないぞ！」

そう言って、二人はそそくさと去って行った。

「ありがとう、騎士さん!!」

「気にしないでくれ。ニコルさんもお困りのようだったし、力になれて良かったよ。それじゃ、私は巡回に戻るよ。なにかと忙しい身なのでね」

そう言って、騎士は颯爽と去って行った。キザな雰囲気の男性だったが、それなりに頼りになりそうな人物だった。

「はは。すみませんね、ブライさん。お見苦しいところを。エストさんも助けてくれてありがとう」

「気にしないでください。私は騎士さんを呼んだだけですし」

「それでも、助かったよ。街の人に詰め寄られると、私も弱くてね。ジーンくんが来てくれて良かった」

ジーン、あの騎士の名前だろうか。

「ああ、ジーンくんは、前に父の護衛を務めていた騎士で、今は騎士団長に出世した人物だ。ユキとも顔見知りで、仕事の忙しい私に代わって、よく遊び相手になってくれたものだよ」

それほどの大人物だったのか。まだ若いが、それだけの実力を備えているのだろう。

「それにしても、ユキさんの言っていた通りですね。この温泉街で協力してくれる人は誰一人いないだろうって」

「……そうだね。彼らは保守的で、温泉街の伝統に固執しているからね。それに……」

そう言いかけて、ニコルさんが口を閉ざした。

「なにかあったんですか？」

「以前、この温泉街で、同じように観光客を取り戻そうという動きがあったんだ。新種の温泉やグルメを考案したり、安価で若者にウケが良さそうなサービスを提供しようとしたり」

それは、今俺達がやっていることに極めて似ていた。

「だけど、全て凍結となった。父が、温泉街の格を下げる行いだと言って止めさせたんだ」

「……目を付けられないようにってのはそういうことですか」

先日、ホテルに泊まった時も、やたらと格式にこだわっていた。それが、アルバート氏の考えなのだろう。しかし、他のホテルの動きまで抑圧するなんて、随分と幅を利かせているものだ。

「……へぇ、こんなところに足湯なんてあったんだ」

「来ましたよ、ブライ様」

改装が始まってからしばらくして、会館に注目する人が増え始めた。まだ中には入れないが、足湯だけは開放したので、浸かる人も何人か現れるようになったのだ。俺とユキさんは、そんな人達の感触を確かめるために、こうして駅前広場を観察している。

今日やってきたのは、二人組の今風の若い女性達だ。最近のファッションの流行は移り変わりが激しく、彼女達も俺にはよく分からないカジュアルな装いをしている。

「随分と若くて今風の人達だな。いや、だけど、なんとなく所作は優雅《ゆうが》だ」

「貴族の娘さんでしょうか？　それにしてはその……露出《ろしゅつ》が多い格好のように思いますけど」

「まあ、高貴な生まれでも、ああいったファッションを好むっていうのもなくはないだろう」

ともかく、そんな彼女達にとっても、足湯はそれなりに興味が惹かれる存在のようだ。二人は、足湯の元へとやって来て、物珍しそうに眺めている。

「前はなかったよね」

「だよね。ご利用自由だって。ちょっと入ってかない？」

「えー、あたしは新市街の方に早く行きたいんだけど？　ここは古臭いし温泉も飽きたもん。向こうは最近、魔導具を使ったアトラクションってのがある施設が出来たんだって。観光するなら絶対あそこがいいって。それに、ここの温泉に入るのは開発が終わってからで良くない？」

「うーん、でも、足湯ぐらいは良くない？」

「まあ、ちょっとぐらいなら……」

かつては職人街と呼ばれた区画も、今では開発が進み新市街と呼ばれるようになった。魔導技術を活かした施設も増え、若者の興味はそちらに吸い寄せられているというわけだ。足湯はそんな彼女達の興味を多少なりとも引くことは出来たが、それでも温泉街に人を取り戻すには足りないようだ。

　しかし、彼女達はなにか気になること言っていたな。開発が終わってから？

「あの口ぶりだと、この温泉街の開発計画があるってことになりそうだが、そんな話聞いたことがないな。ユキさんはどうだ？」

　この温泉街を支配するアルカディアホテルの息女だ。なにか知っているかもしれない。

「すみません、私もなんのことか……祖父は普段、なにを考えているのか分からない方ですし」

　実の孫でも分からないか。それにしても二人は実の家族だというのに、随分と距離があるように見える。ニコルさんも過去に一悶着《ひともんちゃく》あったようだし、あまり家族仲はよろしくないようだ。

　そんなことを考えながら、俺は先ほどの彼女達が残した言葉を反芻して、その意味を考える。

「ふん。やはり、小手先の手じゃ人は集まらんのう」

「まったくだ。そんなことで温泉街に活気が戻るんならとっくに俺達が戻してるっつーの」

　しばらく思案していると、以前来ていた二人がやってきて冷ややかな視線を寄越してきた。

　彼らは俺達のやろうとしていることの邪魔こそしないものの、その努力を認めてはいなかった。たまに顔を出してはこんな風に、イヤミを吐き捨てていくのだ。もしかして、暇なのだろうか？

　さて、二人は——老年の男性は暇人Aさん、大柄な男はBさんと名付けることにしよう——今日も、俺達の考えがいかに浅はかであるかを滔々《とうとう》と説くと、いずこかへと去っていくのであった。

「やっぱり、認めてはもらえませんね」

「まあ、仕方ないさ。本当にうまくいくかは、誰にも分からないしな。だけど、この施設がうまくいって、観光客が戻ってきたら、ほれ見たことかと勝ち誇ってやろう」

「ふふ……さすがに、それはしませんけど、でもどんな表情をされるのかは少し楽しみですね」

そういって、ユキさんがクスリと笑う。意外といい性格をしているな。

「だけど、ニコルさんには感謝しないとな。こんないい立地の建物を使わせてもらって」

最初に食材の買い付けを頼みに来た時は、取り付く島もなかったが、今回に関しては彼がいなければどうにもならなかったかもしれない。

「最初はニコルさんが協力してくれるとは思いも寄らなかったな」

「父も本当は、温泉街を愛するとても熱い人だったんですよ。ただ、そんな父の情熱は全て、私の祖父に奪われてしまいましたけど」

「確か、前に温泉街を盛り上げようとしたら、アルカディアホテルのオーナーに、温泉街の格を下げるなと妨害されたんだっけな」

アルカディアホテルを経営している一族は、かの温泉卿の縁戚《えんせき》にあたり、代々のオーナーは貴族然とした人物達ばかりだと聞いたことがある。現オーナーのアルバートもその例に漏れず、貴族としての誇りとやらに固執する人物だったというわけだ。

「父から聞いたんですか？」

「あの、温泉街の人達が来た時にそんなことを話してたな。だが意外だな。あのニコルさんに、そんな熱い一面があったとはなあ」

「ふふ、ブライ様は父のことを誤解してますね。確かに祖父は格式ばかりを重んじる人でしたが、父はそんな祖父に反対して家を継ぐことを拒《こば》み、私の母と駆け落ち同然に結婚したんですよ」

「あのニコルさんが？」

こういっては失礼だが、覇気《はき》の感じられないうすぼんやりした人という印象だ。そんな彼とユキさんの母親との間に、そんな情熱的な過去があったとは。

「ですが、祖父は跡取りを失うことに怒り狂い、様々な圧力を掛けて二人を追い詰めました。その結果、父は実家に戻ることを決めて、母もそれについていきました。それからは、年々衰退していく温泉街をなんとかしようと、様々な改革案を出したのですが、祖父はそれを疎《うと》み、温泉街の人達も祖父の力を恐れて、徐々に父から離れていきました」

思い返せば温泉街の人達は、アルカディアホテルのオーナーの顔色をやたら窺っていた。ユキさんの祖父はそれほどの権力を持ち合わせているのだろうか。

「知ってますか？　この温泉街にある土地と温泉の全てはアルカディアホテルのものなんです」

「どういうことだ？」

「温泉卿がここの土地と温泉を開放する時に、温泉経営に興味のある人を集めました。ですが、中には貴族の持つ土地の収奪を目当てにする人も交じっていたので、土地と温泉を貸し出す形にしたんです。貸し出しには様々な条件が課され、それを守れなければ返還する。そういう契約だったそうです。そして、土地の管理は私の先祖様に引き継がれました」

「なるほどな。やけにアルカディアホテルが大きな顔をしてるのはそういうわけか」

「ええ、まあ。そして、誰からの協力も得られなくなった両親は、ついにはホテルの経営からも遠ざけられました」

なるほど。彼がホテルではなく、観光協会の運営を任されているのはそれが理由か。恐らく、観光協会も名ばかりなのだろう。温泉街の真の支配者はあのアルカディアホテルであり、オーナーのアルバート氏なのだから。そういう目に遭えば、ニコルさんが覇気を失うのも無理はないだろう。

「そういえば、お母様はどうしてるんだ？」

ニコルさんやユキさんの事情は分かったが、そこに彼女の母親の話が出ていなかった。

「……母は旅に出ました」

「た、旅？」

今の流れからはあまり予想出来ない答えだった。

「その、私も詳しく聞かされてなくて、どうやら祖父は、オウカの血を引く者がホテルの跡を継ぐことを嫌がり、母に冷たく当たっていたそうです。それが原因かは分からないのですけど、ある日ノーザンライトから出て行ってしまったそうで……」

貴族の家には様々なしがらみがあると聞くが、それでも家族をバラバラにされ、父の生きる気力まで奪われたとは。なんともやるせない話だ。

「この温泉街を盛り上げるっていうのは、思っていたよりも難しいことなんだな」

当初はそこまで深く考えずに、思いつきで行動していたが、温泉街の実態を知っていくうちに、その深刻さを実感していくのであった。

「ですが、あの人達みたいに協力的でない人ばかりじゃないみたいですよ」

「どういうことだ？」

「あの……」

その時、気の弱そうな緑髪の青年が近付いてきた。

「すみません。父はああ言っていましたが、自分だけでも手伝わせてもらえないでしょうか？」

「アンディ、ありがとう。あなたは建物の設計に詳しいから、いてくれるととても助かるわ」

ふむ。どうやら、ユキさんの知り合いのようだが、一体どういう関係なのだろう。ひょっとして、恋人だったりするのだろうか。

「ブライ様。彼は幼馴染《おさななじみ》のアンディくんです。ビルさん……あのご老人の息子さんです」

「あの険しそうな人の……」

あの男性から、こんな気弱そうな青年が……この温泉街は、親と子のギャップが激しくなくてはいけないのだろうか。

「しかし、実際に経営に携わっている人の協力が得られるのは助かるな」

レモンさんは温泉には詳しいが、ホテルの構造やサービスなんかは門外漢だ。エストの案を元に色々と試行錯誤《しこうさくご》はしているが、ホテルの実態を知る者がいるのといないのとでは大きな差がある。

「僕だけじゃありません。他にも、ブライさん達の取り組みに興味を持っている人はいるみたいです」

「予想が外れましたね。私の想像以上に、ここをどうにかしたいという方は多かったようです」

「仕方ないよ。親の世代は前に痛い目に遭ってるから。でも、客が減ってるのに、アルカディアの顔色を窺うなんて、やっぱりおかしな話だよ。こう考えてるのは僕だけじゃないはずだ。これから協力してくれそうな人に当たってみるよ」

「アンディくん、本当にありがとう。それじゃ協力してくれる？」

「もちろん、ユキの頼みなら、なんだってするよ」

そう言ってアンディさんは、照れるような仕草を見せた。なるほど、彼はユキさんに気があるようだ。

「なんにせよ。人手が増えて良かったな。エストも色々と試したい案があるみたいだし、本職の知識で色々とアドバイスがもらえたらいいんだが」

一部ではあるが、ついに温泉街の人達の協力も得られた。あとは理想の実現に向けて頑張るとしよう。

＊

その後も、エストの案を元に、レオナが試作品を作り、アンディさん達が調整をする。そして、ラピスやリック、ミレイ達がダンジョンの攻略を進め、様々な源泉を揃えていくなど、徐々にではあるが、温泉街の目玉となる、リゾート施設が出来上がっていく。

しかし、物事はそう順調にはいかないのだと、俺は思い知らされることになる。

「ビルさんとライアンさんが意識不明の重体？」

ビルさんと言えばアンディさんの父親で、度々このスパリゾートにイヤミを吐きに来ていたご老人だ。ライアンさんはそのビルさんの相棒的な人のことらしい。

「ええ。どうやら昨晩、何者かに背後から襲われたようで」

その一報を伝えてくれたのはアリシアさんであった。

「一体、どうして……」

ノーザンライトは比較的治安のいい都市だ。この街の礎《いしずえ》を築いた温泉卿は、貴族や平民の区別なく様々な人達を集め、ノーザンライト騎士団を組織した。彼らは古くから街の守護を請け負ってきたため、犯罪率が低いというのがこの街の魅力の一つであった。

「どうやら、ここ数日、辻斬りの動きが活発化しているようです。被害者もかなりの数で」

辻斬り……確かアリシアさんが追っている事件だったな。彼女によると、被害者の中にはスパリゾート計画に携わる者も多いらしい。

「襲われたのはこの温泉街でのことなのか？」

「はい。なので、ブライさんはもちろんのこと、エストさん達にも気を付けるように言っておいてくださいね。私も見回りはしますけど、なにが起こるか分かりませんから」

「わかった。警戒しておくよ。わざわざ伝えてくれてありがとう」

「いえ」

アリシアさんが一礼して去って行く。それにしても妙なことになった。協力者の中にも負傷した人がいるようだし、しばらくは一人で外出するようなことはさせないようにしなければ。

しかし、良くないことは立て続けに起こるようで、その後も辻斬りが止むことはなく、更なる負傷者が出るのであった。

「ご、ごめんなさい。私が足を引っ張ったせいでラピスさんに怪我を……」

「いや、僕がちゃんとミレイを守れていれば……本当にすみません」

今度、襲撃されたのはラピスであった。

リックとミレイがギルドの拠点に戻る際、念のためにラピスを護衛に付けたのだが、姿の見えぬ襲撃者に組み伏せられたミレイをかばおうとして負傷したらしい。

「ラピスに怪我を負わせるなんて、よほど腕が立つ相手だ。むしろ、そんな相手からよく逃げ切った」

ラピスの魔力量は人並み外れている。その魔力を防御に回せば、並大抵の相手ではかすり傷一つ負わせることは出来ない。それにもかかわらず、ラピスに負傷させたということは、その襲撃者は尋常じゃない相手ということになる。そう考えれば、大事に至らなかったのは不幸中の幸いだ。

「ラピスもよく二人を守ってくれた。怪我は大丈夫か？」

「ええ。治癒魔法が効いているので、大した怪我ではありません。ただ……妙な感じなんです」

「妙な感じ？」

「ええ。どうにも魔力の欠乏感がとれなくて、まるで魔力を吸い取られたみたいに」

一度に大量の魔力を消費すると、まるで喉《のど》が渇いたかのように、魔力への渇望感が増す。よりひどくなると、魔力欠乏症などと呼ばれたりするが、どうやらラピスはそのような状態になっているらしい。

「普通は一日も寝れば魔力は回復するもんだが……」

「魔力が回復している実感はありますけど、治りがいつもより遅い感じですね」

他人に傷を負わせて、その魔力を吸収する特殊な武器も存在する。どうやら襲撃者はそういった何らかの手段を用いてラピスの魔力を奪い取ったようだ。

「ともかく、今はゆっくり休んでいてくれ」

「ですが、ダンジョン探索の方は……」

「ちょっとぐらい休んだって問題はないさ。それよりも万全な状態になるまで無茶するなよ」

「分かりました。それでは大事をとって、休ませてもらいますね」

ひとまずラピスを会館の三階にある宿泊所に寝かせ、リック達に任せて俺はその場を後にする。

しかし、事態はそれだけに留まらず、さらにひどいことが起こるのであった。

「ブライ様……」

階段を下りた先で、ユキさんが肩を震わせていた。瞳には溢れんばかりの涙が湛《たた》えられていた。

「わたし……わたし、どうすれば……」

ユキさんは俺の元へと駆け寄ると、胸に顔を埋《うず》めた。

一度、零《こぼ》れてしまえば、とめどない。まるで堰《せき》を切ったように、ユキさんは声をあげて泣きじゃくる。

——その日の犠牲者はラピスだけではなかった。

「ブライ、ニコルさんはどうなったの？」

「一向に目覚める気配がないそうだ。魔力欠乏のせいか、外傷のせいか。予断を許さない状況らしい」

数日後、病院から戻った俺は、みんなの集まる会館へと来ていた。まだ死者が出るような事態には陥っていないが、ニコルさんの怪我は重い。発見された頃には、致命傷《ちめいしょう》に近い裂傷《れっしょう》が全身に刻まれ、意識を完全に喪失していたそうだ。

「……スパリゾート建設もこれからだっていうのに、大変なことになったな」

「うん。一体、誰がこんなひどいことを……」

普段は明るいエストも、落ち込んだ様子を見せていた。今回のスパリゾート建設はエストの思いつきから始まった。もしかしたら、どこかで自分に責任があるなどと思い込んでいるのかもしれない。

「エストが思い詰めることはないさ。既に騎士団も動き出しているし、アリシアさん達も動いてくれているからな。ニコルさんのことは心配だが、今は回復を祈ろう」

「うん……」

それにしても本当にひどい話だ。襲撃は無差別に行われたという見立てだが、それでもスパリゾート計画の関係者への襲撃が多い。証拠はないが、なにか作為的なものを感じてしまう。

「アリシアさんは大丈夫なのかな……？　えーっと、なんだっけ。一応、せいきょー騎士団ってていうところの人みたいだけど」

「聖教騎士団、この大陸で最大の宗教国家が擁《よう》する騎士団だな。聖教騎士っていうのは少数精鋭で、大陸でも数百人しかいない。だから、アリシアさんも相当腕が立つはずだが」

「そんなにすごい人だったんだ」

「ふふ。私なんて、騎士団の中ではまだまだ未熟者ですよ」

噂をすればなんとやら、見計らったようなタイミングでアリシアさんが現れた。

「エストさん、お久しぶりですね」

「はい。アリシアさんもここに来てたんですね」

「少し気になることがありまして。でも、それどころではなくなってしまいましたね」

以前から街を騒がせている辻斬りだが、騎士団は未だに手がかりを掴めていない。聖教騎士団も協力しているようだが、このまま成果も挙がらずに被害者が出続けるのであれば、スパリゾートどころではない。

「恐らく、近日中に外出禁止令が出されるかもしれません」

「外出禁止令……」

「そうなる前に、一度みなさんはエイレーンに戻られた方がいいかもしれませんね」

確かに、今はのんきにスパリゾート開発とはいかないかもしれない。温泉街の復興も大事だが、なによりもエスト達と協力者達の身の安全を第一に考えなければならない。

「残念だけど……みんなのこと考えたらそうするしかないよね……」

「その通りだ、お嬢さん。無駄な努力なんかやめて、田舎に帰ることをおすすめするよ」

突如、嫌みったらしい声が室内に響いた。

「お前は……」

「やあ、ブライ」

かつての仲間にして、俺をギルドから追いやったライトだった。

「一体、なんの用ですか？」

珍しく、エストが敵意を露わにする。相変わらず、彼女はあまり良い感情を持っていないようだ。

「相変わらずブライにべったりだね。よほど、都合のいいことを彼女に吹き込んでいるみたいだ」

「……喧嘩を売りに来たんなら、ひとまず帰ってくれないか？　俺達も色々と大変な状況でね」

「ブライさんの言う通りです。お二人は道を違《たが》えたのですから、不用意に争う必要もないでしょう？」

「やれやれ、アリシアさんまでその男の味方か。そいつの本性も知らないくせに」

「……ライト、俺とお前の間の話だ。二人には関係ないだろう？」

「黙れ。お前にそんな口を利く権利なんてあるのか？」

俺はライトの言葉に黙ってしまう。確かに、恨まれるだけの理由が俺にはある。だが、それを二人に知られるのは避けたかった。

しかし、ライトは俺の言うことに耳を貸しはしないだろう。奴の言う通り、俺にそんな権利などないのだから。

「あの、ブライとあなたの間になにがあったのかは知りませんけど、どんなことがあっても私には関係のないことです。用がないなら帰ってください」

「……そうですね。どんな事情があろうと、むやみに触れ回る必要はないはずです。それに、ライトさんもご存じでしょう？　この街では今、大変なことが起きているのですから」

「二人とも……」

嬉しいことに、二人はライトのほのめかした言葉には欠片《かけら》も興味を示さず、俺のことをかばってくれた。正直、救われた想いだ。

「随分と好かれたものだな。だが、帰るつもりはない。僕も親切でやってきたんだからね」

「親切？」

およそ俺に向ける言葉としては到底ありえないものが飛び出してきて、困惑する。

「率直に言おう。無駄なことはやめたまえ」

「無駄？」

「お前達がやっている会館の改装だよ。どうせ、無駄に終わる。これ以上やる意味もないだろう？」

「そんなことお前に言われる筋合いはないと思うが？　それに無駄かどうかは、まだ分からない」

そう返すと、ライトが呆れたようにため息をついた。

「なにか勘違いしているみたいだね。無駄というのは、もう既にこの先がないってことさ」

「なんだと？」

「この温泉街の土地は全て、アルカディアホテルのものだ。だから、正当な所有者であるアルバート氏が望めば、君達は土地と温泉を返還しなくてはいけない」

「ブライ、それって本当なの？」

「……ああ。どうやら、過去にそういった契約を結んだそうだ」

「なんだ。知っているなら話は早い。アルバート氏はお前達がこれ以上、この温泉街を荒らすことを望んではいない。即刻、立ち去りたまえ」

困った。確かにライトの言い分は筋が通っている。今まで、なあなあで済まされてきたが、ここの土地がアルカディアホテルのものであることは純然たる事実だ。そうである以上、権利者の返還要求には答える必要がある。

「お待ちください。確か、土地の返還には条件があったように聞いておりますが」

助け船を出してくれたのはアリシアさんであった。

「……それも知っていたのか。やれやれ、手っ取り早く交渉を終わらせたかったんだが」

「一体、どういう条件なんだ？」

「簡単な話だ。経営者がいなくなった時に、土地と温泉の権利関係は解消されるんだよ」

「な……まさか、お前……」

その時、最悪の想像が頭をよぎった。

「言いがかりはよしてくれ。ニコル氏が襲撃されたのは、あくまでも偶然だ。だが、契約は契約だ。

会長の後任が決まれば話は別だが、あの傲慢な男のことだ。後任を据えるなど考えもしないだろう。ましてあの娘を選ぶはずもない」

アルバート氏は、異国の血を引くユキさんを疎んでいる。確かに、彼女が選ばれることはないだろう。

「仮にも実の息子だというのに、ニコルさんの容態よりも、土地が大事か。反吐《へど》が出るな」

俺の挑発に、ライトはわずかに眉をひそめる。

「……なんと言われようと僕は仕事をこなすだけだ。一応、文句があるなら伝えておいてやるが」

「いいや、それは直接言うことにする。とりあえず、話は分かった。だが、ニコルさんはまだ生きている。勝手に話を進めるなとだけ伝えておいてくれ」

「……ふん。いいだろう。とにかく、伝言はした。いずれにせよ、あの男はどんな手段を使ってでもお前達の邪魔をするだろう。それだけは覚悟しておけ」

ライトは忠告かイヤミかよく分からない言葉を残すと、その場を去るのであった。

エストが首を傾げて言う。

「あの人、なんか妙な感じだったね」

「妙？」

「うん。基本、嫌な人なんだけど、アルバートって人のことは嫌っていたみたい」

「まあ、今の話を聞いて好きになる要素はないだろう。なんなら、嫌いになる要素しかない」

「それは、そうだよね。本当にひどいよ。自分の家族が大変な目に遭っているのに」

会ったことは一度しかないが、それでも嫌悪するには十分な話しか聞いていない。とてもニコルさんやユキさんの血縁とは思えない。

それにしても、妙だ。昨日、襲われて今日にはもう会館を明け渡せなんて、動きが速すぎる。こうなることを予見していたのか、あるいは……

「……前から考えていた計画を実行に移す時かもな」

俺は温泉街の支配者への嫌悪を募らせながら、今後について思案するのであった。

第六章

その晩、俺はノーザンライトに最も近いダンジョンを訪れていた。

「依頼とはいえ、街との往復はなかなか応えるな」

ダンジョンボスを斬り伏せると俺はため息をついた。

北の防衛線、トレガノン城塞への魔族の侵攻は激しさを増してきていた。俺は再び協力を請われ、数日ほど前から防衛に参加している。昼は街でスパリゾート建設に携わり、夜は城塞に赴いて魔族討伐に加勢する。そんな二重生活が続いていた。

「ま、幸いなのは移動が一瞬だってことだな」

ノーザンライトにほど近いダンジョンから城に帰還し、そこからトレガノン城塞に近いダンジョンに転移することで、短時間での移動が可能になっていた。再び転移が使えるようになるまで少し時間が掛かるが、向こうで魔族を追い払った頃には使えるようになっているので、それほど支障はない。いちいちダンジョンの魔獣やボスを倒す必要があるので、その点はかなり手間ではあるが。

「ブライ殿、いつも夜に見かけないと思ったら、こんなところにいたんだね」

「レモンさん？　どうしてここに」

意外なことに、現れたのはレモンさんだった。魔獣もたくさんいるのに、よく付いてこられたものだ。

しかし、今日のレモンさんはどこか雰囲気が異なっていた。ビン底のような眼鏡は変わらずだが、丸まった背筋をピンと伸ばし、その佇《たたず》まいには隙が見られない。いつものござる口調も影を潜めている。

「正直、ブライ殿が辻斬りなんじゃないかと疑っていたんだけどね。ハズレだったみたいだ」

「まさか、辻斬りの正体を探っていたのか？」

「まあね。でも、ブライ殿が辻斬りの正体である可能性はたった今、消えた。そこの魔獣の切り口を見れば分かる。ブライ殿の剣術と、辻斬りの用いる剣術はまったく別のものだ」

「レモンさん、あなたは一体……？」

確かに熟達した武術の腕があれば、傷口から使われた得物や武術を見分けるのは容易なことだ。

しかし、自称植物学者のレモンさんにそんな芸当が出来るとは思えない。

「僕の本業は騎士だ。ノーザンライト騎士団に所属している。今は脱走中だけどね」

「……複雑な事情があるみたいだな。これはただの勘だが、もしかしてレオナに関わることか？」

「驚いたな……そこまで見抜くんだ？　普段から命の危険がつきまとう冒険者の直感か。それとも天性の才能なのかな。まあ、それはいいか。確かに君の言う通り、レオナ様は僕がお守りすべき方だ。今は、君がその役目を負ってくれているみたいだけど」

『様』と来たか。レオナの素性《すじょう》はまったく知らないが、随分とやんごとない身分のようだ。

「ま、待てよ。まさか、レオナに馴れ馴れしく接した俺を咎《とが》めにきたのか？　それとも、真実を知った俺を消すため？　いや違う、俺はなにも知らなかったんだ」

「あはははは。面白いことを言うね。そんなわけないって。ここしばらく彼女のことを匿《かくま》ってくれてたんだから感謝はしても、消すなんてないない」

それは良かった。「お前は知りすぎた」などと言われて、始末されるような展開はなかったようだ。

「そうか？　対峙してて緊張が解けないぐらいには、隙がないように見えるんだが」

武術の腕ではライト以上ではなかろうか。もしかしたら、クレア殿に匹敵《ひってき》するかもしれない。

「そんなことないって。それよりも、最悪の予想が当たってそうだ。これから忙しくなるかもね」

「最悪の予想？」

「うん。今回の辻斬り、偶然起きた凶行《きょうこう》じゃないかもしれないよ」

そういって、レモンさんは一枚の地図を渡してきた。ノーザンライトの全域図のようだ。

「昨晩、起きた事件の現場に赤い丸と、襲撃されたであろう時間を書き込んでおいた。どうだい？」

「辻斬り犯の足取りが分かるな。って、待てよ、これは……」

「彼が一体、どこから来て、どこへ帰っていったのかよく分かるだろう？」

犯行自体はノーザンライトの様々なところで起こっているが、それらを結んでいくと、ノーザンライトわくわく会館でまず暇人Aさんが襲われ、一通り市街で犯行が行われた後、再び会館の近辺で暇人Bさんが襲われていることが分かる。まるで会館の関係者が犯人かのようだ。

「いや、こんな分かりやすい足取りを残すか？　俺だったら、もっとランダムに襲ってバレないようにするとか、恨みのある相手に罪をなすりつけるためにわざと犯行ルートを変えたり……あ」

会館の誰かに罪を着せるために、あえてこのルートを通ったかもしれないということか。

「気付いたでござるか？　ブライ氏、立派な犯罪者になれるでござるよ」

「人聞きの悪いことを言うな‼」

まったく、俺のことをなんだと思っているんだ。

「いやあ、ごめんごめん。それとね、事件現場の分布も見て欲しいんだけど」

「……だいぶ温泉街に偏ってるな。住宅街でも被害は出ているが、割合で言うと七三ぐらいか？」

「ついでに言うと、アルカディアホテルの周辺や貴族街は被害ゼロだね。それにこれは秘密なんだけど、騎士団の巡回ルートを完全に回避するようにこの犯人は動いている」

レモンさんは騎士団所属という話だ。なるほど、そういった情報には詳しいわけだ。

「もちろん、以前とは所々、ルートも変わっているみたいだけど、八割方一致してはいるよ」

なるほど、レモンさんの話はそれなりに有益な情報だった。

偶然の凶行という可能性はまだある。しかし、なんらかの計画性を感じるのも事実だ。そして、会館にわざわざ足取りを残して、罪をなすりつけようとするような相手は限られている。そう考えると……


「とりあえずアルカディアホテルについては警戒しておく。色々と知らせてくれてありがとうな」

「気にしなくていいでござるよ。それよりも、ブライ氏は一体こんなところでなにを？」

「トレガノン城塞に行ってくる。魔族が湧いてるからそれを潰しにな」

「……なるほど。北は結界が消失して、大変なことになってると聞いたでござる。出来れば拙者も手伝いたいたいでござるが、これでも他に使命が……」

「そりゃ仕方ない。まあ元々、一人で行くつもりだったから、気にしなくていい」

その後、俺はレモンさんに別れを告げると、城塞へと向かうのであった。

＊

「はぁ、はぁ……いやぁ、こんなに手強い魔族がいるなんてね。私もまだまだ修業不足だね」

城塞と暗黒大陸を結ぶ《回廊》の上で、女騎士クレアが笑っていた。

「っ……おかしいだろう。なんで、まだ立ってるんだよ。俺は魔人だぞ？　魔人なんだぞ？　他の騎士共は全員倒したってのによ……」

鳥のような頭を持つ魔人とクレアが対峙《たいじ》を始めてから、既に二時間が経過していた。魔人の放つ火炎に焼かれ、クレア以外の騎士達は戦闘不能に陥り、クレアの斬撃によって魔族達は根こそぎ討伐されていた。しかし、残った二人はお互いに疲労が極まっていることから、決着が付かないでいた。

「魔人……魔人かあ。そうだったんだね。てっきり強力な上級魔族だと思ってたよ」

「テ、テメエ、馬鹿にしてんのか⁉」

「いやいや。ただ、魔人っていうのはもっと恐ろしく強力な相手だと思ってたから、少し拍子抜けしちゃっただけなんだ」

「それを馬鹿にしてるっつってんだよ‼」

クレアの言葉が神経を逆撫でしたのか、魔人は全身に火炎を纏って彼女の方へと突進を始めた。

「うーん……ずるしてるみたいで、あまり使いたくなかったんだけどな……」

困ったような表情を浮かべて、クレアは身の丈ほどの大剣を構えた。すると直後、彼女の周囲に蒼玉《そうぎょく》のように美しく煌《きら》めく蒼炎《そうえん》が舞い始めた。

「それじゃ、そろそろ終わらせようか」

大剣に蒼炎を纏わせながらクレアが地面を蹴った。その後の決着は一瞬だった。

「ば、馬鹿な……この俺が……魔人であるこの俺様が……」

縦に真っ二つにされた魔人は、信じられないといった様子でやがて絶命する。

その遺体は、クレアの放った蒼炎によって焼き尽くされ、その場には灰が残るだけであった。

「……ふぅ。もう、身体動かないかも」

直後、クレアもその場に倒れ込んでしまう。

相手は魔人だ。それを単独で撃破したのだから、反動で身体が動かなくなるのも当然だ。

「ふふ。でも、お姉さんも魔人を倒せたよ。どうかな、ブライくんに追いつけたかな？」

「誰が誰を倒したって？」

「え……？」

直後、クレアは信じられないものを目にする。

「まったく、信じられない女だぜ。まさか、この俺様が一度〝死〟んじまうとはな」

そこには先ほど倒したはずの魔人が立っていた。

「はは、これはさすがに冗談きついかな」

依然《いぜん》として笑みを浮かべ続けるクレアだが、それでも先ほどよりも余裕はなかった。なにせ、既に全身の体力と魔力を消耗《しょうもう》し切っている。こんな状態で魔人ともう一戦交えるのはさすがに厳しい。

「ヒヒャヒャ、いいザマじゃねえか。どうだ？　一度、倒したと思った相手が蘇《よみがえ》る気分は？」

魔人が下卑《げび》た笑みを浮かべながら、クレアの元へとゆっくり歩いてくる。

「さあて、さっきは随分と舐《な》めた口を利いてくれたな？　だが、水に流してやろう。不死身の俺様は寛大だからな。大目に見て二千年間、俺の奴隷になったら許してやるよ」

「うーん。それは全然、水に流してないような……」

「黙れ!!」

「ごふっ……」

魔人がクレアの腹部を思い切り踏みつける。魔人は嗜虐的《しぎゃくてき》な表情を浮かべていた。

「っ……さすがにこれは……」

常に余裕を浮かべるクレアの表情に、焦りの色が混じる。魔人とは残虐な存在だ。そんな相手に無防備な身体を晒《さら》せば、どのような目に遭うかはクレアも分かっている。

「さっきまでの威勢がすっかり消えちまったなあ？　フハハ」

魔人がクレアを見下ろしながら舌なめずりをする。

「お前は随分と頑丈そうだ。きっと、俺を楽しませてくれるだろうよ。まずは――」

「まずはなんだって？」

魔人がクレアを嬲《なぶ》ろうとした刹那、その胴体が真っ二つに裂かれた。

「へ……？」

魔人は間抜けな表情を浮かべながら、真っ二つになり、灰と化した。

「良かった……なんとか間に合ったみたいですね」

クレアの側には、蒼銀の剣を携えたブライが、かばうように立っていた。

＊

俺は目の前にいた魔族を真っ二つにする。クレア殿をここまで追い詰めるとは、さぞ強力な魔族なのだろうが、倒せて良かった。

「クレア殿がここまで手こずるとは、恐ろしい魔族でしたね」

「いや、魔人みたいだよ」

「魔人？」

それはつまり、ガルデウスと同格ということなのだろうか？

斬ってみた感触ではあまりそんな感じはしなかったが……なにせガルデウスの時は、生物的に絶対に勝てないことが定められているかのような、不条理にも似た恐怖で身体が震えたものだ。

「本当に今のが魔人だったのですか？」

「そうみたいだよ。気を付けた方がいい。そいつは、すぐに――」

「テメエまで俺を馬鹿にしやがるのか!!」

直後、炎を纏った鳥人間？が襲いかかってきた。俺は咄嗟に剣で迎えると、かぎ爪をはじき返す。

「新手か？」

「違えよ!!　お前がさっき斬った魔人だよ。魔人」

「そいつはどうやら、倒してもすぐに復活するタイプみたいなんだ」

「そう。俺様の名前はフィーニス。どれだけ倒されようと、不死鳥のごとく舞い戻る最強の魔人だ」

最強を自称する者に大した者はいない。魔族にしては口がよく回るが、頭の方は残念な個体のようだ。

「貴様、なにか失礼なことを考えているな？」

「え？　なんで分かるんだ？」

まさか、魔族にまで看破されるなんて。そんなに、俺は考えていることが顔に出るのだろうか。

「まあいい。少しは腕が立つようだが、この不死身の俺様を前に一体いつまでも――」

とりあえず首を刎《は》ねてみる。すると、自称魔人は灰となって消えるが、一瞬で元の姿に戻った。

「貴様、この俺様が、あひっ!!」

「言い終わる前に、ひぎぃっ!!」

「攻撃をする、ぴやぁあああああ!!」

なるほど、確かに不死なのは本当のようだ。何回か斬り捨ててみたが、即座に再生してしまう。

「これはさすがに厄介だな……何回、斬れば倒せるんだ?」

「貴様、この俺様が話をしているのに、何度も切り刻みおって。どういう教育を受けてきたんだ!!」

「実の親の顔は知らないが、育ての親からはよくこう言われていた……見敵必殺《けんてきひっさつ》と」

「な、なんと野蛮な……だ、だが、俺様は何度も蘇る。貴様の力が尽きた時が運の尽きよ」

確かに持久戦となれば、この魔族の右に出る者はいないだろう。鳥類系の魔族。これまでに確認されていないタイプだが、持久戦最強という情報は国に報告しておこう。きっといいお金になってくれる。

「となると次は倒し方か。色々と試させてもらうぞ」

その後、斬撃、雷撃、轢殺《れきさつ》、様々な手段を講じ、最終的に海に突き落としてみたりもしたが、フィーニスはすぐに戻ってきた。

「ぜぇぜぇ……貴様……人の心はないのか!?」

「魔族に言われたら世話ないな」

「魔人だ!!」

しかし、そろそろ策に窮《きゅう》してきた。さすがに再生が速すぎる。救いなのは、体力が完全に回復するわけではないので、再生直後を狙えばあっさりと倒せるという点だ。この点は、既に一度倒してくれていたクレア殿に感謝だ。

それと一つ気付いたのだが、あの魔族は再生の際、絶命した瞬間の状態を再現してしまうようだ。雷撃で殺せば帯電《たいでん》しながら再生し、斬撃ならば裂傷を伴って再生するといった具合だ。

「絶えず殺し続けるか。なにか方法は……うん？」

ふと視線を外すと、海にぽっかりと穴が空いているのが見えた。

あれは暗黒大陸との間で生じる珍しい現象だ。詳細は不明だが、あの下では強力な雷撃が発生しているらしく、巻き込まれた商船が粉々になって出てくるという事故が稀に起こっている。

「貴様、なにをよそ見している……」

「そうだな……この戦いをそろそろ終わらせようかと思ってな」

「なんだと？　俺様の再生能力を前によくもそんな口を――ぶひゃっ!!」

まずは特殊な雷撃を纏った一撃で、フィーニスに深手を負わせる。そして即座に剣をフルスイング。剣の腹の部分をぶつけて、思い切りあの穴の中に投入してやるというわけだ。

「貴様、悪あがきを……この程度の雷撃では俺を倒すことは――ぶべぇっ!!」

再生したフィーニスに、渦の中の雷撃が一斉に襲いかかる。

今、奴に付着させたのは、電気を引き寄せやすくなるという性質を持った雷だ。それ自体はあまり使い道のない魔法だ。しかし、あの渦の中では、どういうわけか絶えず雷が発生している。そんなところへ、俺の魔法を付着した状態で突っ込めばどうなるか。

雷が一斉にフィーニス目がけて飛んでくる。フィーニスは再生するが、あの場からは逃れられない。そして、俺の雷撃を食らった状態まで再現されるので、再生、雷撃、再生、雷撃の無限ループの完成というわけだ。

「我ながら恐ろしい方法を考えついてしまった。だが、あの再生能力は厄介すぎる。すまないが、永久にそこで自己再生していてくれ」

もちろん、永い時を経て、再び奴が人類の前に現れるかもしれない。だが、その時はその時代の人間が対処してくれるはずだ。俺はその時のために、奴の情報を詳しくまとめて、後世に残すとしよう。

「よし、これで任務完了だな。クレア殿を連れて城塞に戻ろう」

「いやあ、二人とも実によくやってくれた!!」

城塞で俺とクレア殿を出迎えたのは、エルセリア一暑苦しい男、エドであった。

「二人にはぜひ、褒美を与えたい。なにか、望む物はないかね?」

クレア殿は至極冷静に答える。

「これといって、思い浮かびませんが、あえて申し上げれば、ブライくんがやや他人行儀なので、気軽にお姉さんと呼んでいただきたいと存じます」

　冷静な口調でなにを要求しているのだろう。

「フハハ、それはいい。私が決めることではないが、どうだ？　ブライくん」

「その……せめて、さん付けで」

「やった!!」

　いいのだろうか。魔人討伐の褒美がそれで。

「それで、ブライくんの方はどうだ？　以前からの約束だ。なんでも言ってくれたまえ」

「では、恐れながら、一つだけ……」

　俺が考える計画を実行するには、エドの協力が不可欠だ。俺は思い切ってそれを口にする。

「土地です」

　俺はノーザンライトの周辺の地図を広げ、ある一点を指し示す。

「なるほど……そこは王族の直轄地だな」

「うーん。ブライくん、意外と欲が深いんだねー」

「やはり、難しいでしょうか？」

「いや、直轄地であるということは、私の一存でどうとでも出来る。ただ、さすがに広すぎる。湾まるごととは。なにか事情があるのかね？」

「はい。実は、とある計画を考えておりまして……」

　俺は、温泉街の抱える問題点、立て続けに起こっている辻斬り事件、アルカディアホテルへの疑惑、そしてそれらを受けて俺が考えている計画について話すのであった。

＊

「さてと、大変なことになったわけだが、今後の方針を決めよう」

城塞での激闘の翌日、俺は一連の辻斬り事件を受けて、話し合いの場を設けることにした。

エスト、レオナ、ラピス、ユキさん、そして俺は、会館の二階に集まっていた。

ニコルさんがあのような目に遭って、ユキさんを呼ぶかどうかは悩んだのだが、会館が今後どうなるかは自分にとっても無関係ではないということで、彼女も出席してくれた。

「まとめると、今の問題は二つかしら。辻斬りなんていう輩《やから》が世間を騒がして、ニコルさんを始め、この温泉街で被害が出ていること。そして、アルカディアホテルのオーナーがこの会館を引き渡すよう要求しているってとこね」

「アルバートって人、ニコルさんのお父さんなんだよね？　ニコルさんのこと心配じゃないのかな」

エストが悲しげな表情を浮かべる。天涯孤独の身であるエストとしては、信じがたいことなのだろう。実際、親という存在をよく知らない俺でさえ、アルバートの行動には苛立《いらだ》ちを覚えたぐらいだ。

「気に入らないのはそこだ。仮にも血を分けた息子が人事不省《じんじふせい》に陥っているというのに、それを心配するどころかそこに付け込んで、自分の要求を押し通すなんてな」

「まったくですね。土地の明け渡しなど突っぱねるべきかと」

「皆さん……」

どうやら、この場にいるみんなの意志は固いようだ。そもそも、ニコル氏は生死の境を彷徨《さまよ》ってはいても、まだ亡くなったわけではない。そうである以上、アルバート氏の要求を呑む必要はない。

「ということで、ブライ。結論は出たよ。そんな要求、無視しちゃおう。無視、無視」

「その前に、念のため確認しておきたいことがある。まずは、レオナ。以前、解析を頼んでいた《古代遺物《アーティファクト》》は結局どうなった？」

「あれのこと？　どうして急に」

「まあまあ、とりあえず確認しておきたいんだ。なにかの役に立つかもしれないからな」

レオナの見立てでは、あれは俺達の技術で言う魔導列車を、より高度な技術で再現・運用する代物らしい。しかし、古い遺物であるために故障しており、修理が必要とのことだった。

「そうね……なにを解決すればあの《古代遺物《アーティファクト》》を動かせるのかは分かってるわ」

「本当か？　さすが、レオナだな」

「うんうん、さすが私の妹分」

「か、勝手に、妹分にしないでってば……といっても、修理の目処《めど》が立ったわけじゃないから」

訳知り顔で腕を組みながら、エストが深く頷き、レオナは照れたような表情を浮かべる。

「修理の目処が立ってないってのはどういうことだ？」

「故障の原因は明らかなのよ。動力機関が壊れているだけだから」

「マナタイトを使って代用品を作ったりは出来ないのか？」

「無理ね。今の魔導具技術じゃ、出力が圧倒的に足りてないもの。起動自体に成功しても、ものの数秒で魔力充電が必要になるわね」

魔導具を動かす魔力は自然回復する。そのため、半永久的に稼働させられることが魔導具の魅力なのだが、どうやらこの《古代遺物《アーティファクト》》、消費する魔力量が凄まじいらしい。

「マナタイトの量を増やすとかして対応出来ないのか？」

「理論上は出来るかもしれないわね……だいたいこの会館の大きさぐらいの量があれば、一日に一時間ぐらい稼働させられるんじゃないかしら？」

「いやいや、それだけあって一時間か……」

さすがに《古代遺物《アーティファクト》》、そう容易く修理出来るわけがないということか……。

「ただ、一つだけ可能性はあるわ。マナタイトよりも遥かに大容量で、あの《古代遺物《アーティファクト》》に耐えられるほどの出力を誇る素材が」

「そんなものがあるのか？　分かった。俺がなんとしても採ってこよう。なんて素材だ？」

「……竜石よ」

「あの宝石か？　レオナが随分と喜んでくれてたな」

「な、ち、ちが……宝石じゃないって!!　前も言ったでしょ!!」

「宝石？　ブライ様とレオナ様はその……そういった物を贈り合う仲なのですか？」

早速、ユキさんが勘違いを始めたようだ。

「違うから!! あなたのせいで、誤解されてるんだけど!?」

レオナが顔を赤くさせて、ひどく取り乱している。

なかなか、面白い慌てぶりだが、あまりからかってもかわいそうなので、俺は話を本題に戻す。

「つまり、その竜石が、魔導具に使える素材の一種だってわけか」

「そう。マナタイトよりも遥かに優れているけど、加工法が見つかっていない希少素材よ」

「その竜石ならなんとかなりそうなの?」

エストが話に入ってくる。

「加工法が分かればね。でも、竜石から効率良く魔力を抽出する回路を生み出した人はいないわ」

「うーん、それってもしかして、かなり非現実的なのでは?」

「そうね。でも、私ならなんとかなるかもしれない」

「どういうことだ?」

「死んだ両親の、最後の研究だから」

「ご両親の……そうだったのか……」

レオナは以前、ノーザンライト魔導研究所から逃げてきたと言っていた。詳しくは分からないが、今の話を聞く限り、かなり複雑な事情がありそうだ。

「とにかく、私には両親の遺《のこ》してくれた研究資料がある。二人ともあと少しで全てが解明出来ると言ってたわ。だから、なんとか出来るかもしれない」

「……いいのか? その研究資料こそが、レオナがエイレーンに逃げ出した理由なんじゃないか?」

「そうね。それは否定しない。この研究を守ることが私の使命だから。だけど、ブライにとって必要なことなんでしょう？」

「まあ、その研究があれば助かることは事実だ」

「なら、決まりね。それに、なにかあったらブライが護《まも》ってくれるんでしょ？」

「!! ああ、そうだな。なにが起こってもレオナと村を護る。そういう約束だったからな」

レオナが仲間になった日、俺は彼女と村を護ると誓った。レオナの抱える事情は、俺の手に負えるものではないのかもしれない。だが、たとえそうだとしても、一度交わした約束を違えるつもりはない。それが、人の道というやつなのだから。

「よく分からないけど、私もなにかあったら力になるからね」

「ええ、ブライだけでなく、私達も同じ気持ちです」

「エスト、ラピス……私はあなた達に隠し事をしてるのに……」

確かにレオナは事情を全て話していない。だが、エストはそんなこと気にしないだろう。

「関係ないよ。私達は一緒に住んで、同じご飯を食べて、同じ時間を過ごしてきた。そういう何気ない日々の繰り返しがちゃんと教えてくれる。レオナちゃんはちょっと素直じゃないけど思いやりのある、いい子なんだって。だから、過去がなんだろうと、隠し事をしてようと関係ない。私はそんなレオナちゃんの支えになりたいの」

「エスト……」

少し、感動してしまった。エストは俺が思っているよりもずっと、人の内面を見ていた。その人の見た目や肩書きみたいな、表層の部分ではなく、その人の本質的な部分をしっかりと捉えているのだ。

「ど、どうしたの、ブライ？　じっと、私を見つめて」

「いや、俺がここで最初に出会ったのが、エストで良かったなって」

「な、なに言ってるの？　急に褒めてくるなんて不気味だよ……」

「ぶ、不気味ってなんだよ」

「だって普段、ブライは直球でそういう風に言わないもん」

そうか？　自分なりに思ったことを口にしているつもりだったが……

「と、とにかく、本題に戻るよ。ブライは、あの《古代遺物《アーティファクト》》を使ってなにかがしたい。そして、それを修理するにはレオナちゃんの力が必要だってことだよね？」

珍しくエストが顔を赤らめながら、これまでの話を要約する。

「ああ、そういうことだ。これで、問題は一つ解決しそうだ」

「で、二つ目は？　まだ、あるんだよね？」

「ああ、そうだな。これも一つ気になってたんだが、ユキさん」

俺はユキさんの方に視線をやる。これから尋ねることは、彼女が一番詳しいだろう。

「はい、なんでしょうか？」

「この温泉街で、ホテルの土地を明け渡せっていう話が出たのはこの会館が初めてか？」

「……さすがですね、ブライ様。実は、私からも話そうと思っていたのですが、実はこういった話は他のホテルでもあったんです」

「やはりか」

得られたのはもっとも欲しかった答えだった。どうやら、俺の推測は当たっていそうだ。

「どういうことです、ブライ？」

「ちょっと、俺の考えを検証して欲しい。アルバート氏はどうして俺達に圧力を掛けてきたんだ？」

「それは、この会館の改装が気に入らないからなのでは？」

確かにそれが一番の答えだろう。

「そうだな。前に一度、ニコル氏の改革を潰している。温泉街で勝手されるのは嫌なんだろう。でも、正直、俺達がなにをしようとアルカディアには大して関係ないと思うんだが」

疑問点の一つ目は、どうして、アルカディアがそこまでよその事情に首を突っ込むのかということだ。

「それは、あれじゃない？　温泉街の格式を守るんだーとかそういうの」

確かにアルカディアでは、客の服装からマナーまで、やたら格式を守るようにと厳しかった。

「だけど、アルカディアは、温泉街から外れたところにある。そこまで影響はないんじゃないか？」

「うーん……アルカディアホテルって、あのお城みたいな立派なホテルだよね？　確かにあれだけちょっといいところにあるっていうか、温泉街の一部って感じはしないね」

「そうだ。だから、実の息子のニコルさんの改革をわざわざ潰したってのが、よく分からない。経営について口出しされたのならともかく、ニコルさんは温泉街の方に注力してたわけだし」

そう。一つ一つの要素を抜き出すと、微妙にアルバート氏の行動は不可解なのだ。もちろん、彼が極めて支配欲や自己顕示《けんじ》欲が強くて、温泉街そのものも完璧にコントロールしたいという考えを持っている可能性も十分ありえる。しかし、もう一つ、不可解な点がある。

「これが最後なんだが、アルカディアにとっても、温泉街の改革はむしろ望ましい話じゃないか？こう言ってはなんだが、アルカディアはあの立派な見た目の割には、訪れる客はスカスカだった。あれだけの規模の施設だ。経営がきついんじゃないか？」

俺はユキさんの方に視線をやる。その点については、彼女が一番詳しいだろう。

「そうですね、確かにブライ様のおっしゃる通りです」

完全な勘であったが、これも当たっていたようだ。

「アルカディアホテルは祖父の代から、貴族や大商人に向けた高級なサービスを売りとしていました。太客もそれなりにいて、しばらくは安定した経営状態だったようです」

「だが、それは長く続かなかったと？」

「ええ。父がアルカディアホテルの経営に口を出すようになったのは、そういった経営状況を見かねてのことだったようです。しかし、祖父は聞く耳を持たず、温泉街での改革まで徹底的に潰しました。その時はまだ、なんとか経営も黒字の状態で踏みとどまっていたので、それが理由で父の進言を拒否したのだろうと思いました。ですが、今回はかなり状況が違います」

今となっては、アルカディアホテルを訪れる客はほとんどいない。俺が訪れた時に、たまたま人が少なかったわけではなく、本当に危機的な状況にあったというわけだ。

「つまり、アルカディアからすれば、俺らの改革案は溺《おぼ》れた川に流れ込んできた藁《わら》のようなものだ。少なくとも、ホテルを救うための一助になる可能性ぐらいはあったはずだ」

スパリゾートによって、人が集まればそれで良し。集まらなくてもなにか被害が出るわけではない。

「う一ん。そう言われるとそうかも。なんで、ニコルさんの容態に付け込んでまで、会館を明け渡せなんて言ったんだろう」

「アルバート氏の性格を考えればそれぐらいやってもおかしくないとは思うけど、でも確かに見境がないって感じはするわね」

「レオナちゃん、その人のこと知ってるの？」

「少しだけね。平民や外国人を奴隷《どれい》かなにかだと思っていて、貴族としての誇りにやけに執着してる人だったわ。でも、貴族らしい紳士《しんし》的な振る舞いも大切にしていたから、実の家族の死を利用したなんてイメージが付くのは嫌がりそうなのよね」

さて、それなりに話はまとまってきた。アルカディアホテルが温泉街の事情にまで干渉してくるのは不自然だ。アルバート氏も、息子の犠牲を歓迎するようなやり方は本来、好まないそうだ。

一方で、ホテルは危機的な経営状態に陥っている。それにもかかわらず、氏はスパリゾート建設という、ホテルの窮地の助けになりそうな動きを強引にひねり潰そうとした。

「そして極めつけはあれだな。あの観光に来てた若い二人組」

「ブライ様と一緒に見かけた、今風の格好の、育ちの良さそうなお二人でしたね」

「ああ。彼女達はこう言っていた。『温泉に入るなら開発が終わってからで良くない？』と」

「……ブライ様、もしかして祖父の狙いというのは」

「多分、この温泉街を根こそぎ改装しようっていう腹積もりなんだろう。それも、より貴族達にウケがいいような、格式のある温泉街に」

温泉街の改革という点だけ見ると、ある意味ニコルさんとは似たもの親子なのかもしれない。まあ、目的はまるで違うんだが。

レオナは合点がいったように頷いた。

「なるほど。あ、もしかして、別荘地にするとか？　ここって海に近くて景観は良さそうだし」

「ああ、ありえそうだな。賃料や管理料なんかの名目を付ければ、安定した収入に出来るだろうし」

エストとラピスは眉間に皺を寄せている。

「だからって、辻斬りで傷付いた人に付け込むなんて……ひどすぎるよ……」

「…………ちょっと、待ってください、ブライ。もしかして……今、起こっている事件は？」

「まあ、考えられなくはないな。最悪の想像だが」

土地接収を確実なものとするために、アルバート氏が直接的に土地所有者を排除しようと、辻斬り騒ぎを起こしている。そんな風に考えられなくもない。恥知らずどころのレベルじゃないし、バレたら爵位剥奪《はくだつ》、極刑もありえそうな最悪の一手だ。

「でも、ライトって人は、それはないって言ってたよね？」

「ライトには知らされていない。あるいはライト自身、知っていてシラを切っていたのか。出来れば前者であって欲しいがな」

俺らの関係は最悪にこじれたが、それでも、そこまでの外道になっているとは思いたくない。

「どうして……どうして、そんなことが出来るんですか……？」

話を聞いていたユキさんが肩を震わせた。

ここは彼女が生まれ育った思い入れのある土地だ。そこで、実の息子ですら葬《ほうむ》らんとする陰謀が進行しているかもしれないのだ。その怒りと悲しみは俺達には想像出来ないほどだろう。

「全ては俺の想像だ。証拠はない」

「そうです……けど……でも、本当だとしたら、私……こんな……っ、頭がおかしくなりそうです」

……もっと気を遣うべきだった。

考えてみれば身内が被害者で加害者なのだ。せめて証拠が出揃ってから伝えるべきだった。

「すまん、ユキさん。聞くのはつらいよな。席を外してくれていいぞ」

「い、いいえ、少し混乱しているだけですから……それに、もしその話が本当だとしたら、私が……私こそが祖父を糾《ただ》さないと……」

「ユキさん……」

掛けるべき言葉が見つからなかった。

俺には家族というものがよく分からない。家族のように大切な人達には恵まれたと自負しているが、それでも実の祖父が父を殺《あや》めようとし、無関係な人達をも巻き込んで恐ろしい陰謀を巡らせている、そんな境遇に陥ったユキさんの想いを、完全には理解出来ていなかった。

「とりあえず、ブライの推測は分かったわ。だけど、大事なのは今後どうするかじゃない？」

そんな様子の俺達を見かねたのか、レオナが話を戻してくれた。

「ああ、そうだな。そもそもの本題はそこだ。今、俺達は大変な目に陥っている。真相は分からないが、今後の身の振り方に結論を出さなきゃいけない」

「といっても、答えは決まってるよね、ブライ」

「ええ、このままアルバート氏の好きにさせるべきではありません」

「ああ、そうだな」

俺は一呼吸置いて、これまでの話から得た結論を伝えることにする。

「俺達はこの会館を、いや温泉街全体をアルバート氏の要求通りに明け渡すことにする!!」

腹の底から大きな声で、俺は練りに練った決断を言い放つ。

「え!?　なんで!?」

エストが口をあんぐりと開けてみせた。他の人達も次々ときょとんとした顔をする。

その反応は予想していたが、こうも綺麗なリアクションが得られると、少し気持ちがいい。

実は今日一番、これを発表する時を待ち望んでいたところがある。

第七章

驚きを隠せていないみんなに、俺は説明を始める。

「正直、今の計画だと温泉街のちょっとした目玉にはなっても、根本的に人を呼び戻すほどのインパクトは得られない。それはエストが一番、感じてたんじゃないか？」

「……確かに、私が昔見たのとはスケールも施設の質も全然違うなとは。だけど、それを言って計画に水を差していいのか悩んじゃって」

「そんなことだろうと思った」

エストはこの中では、誰よりも気を遣うタイプだ。普段の振る舞いも半分は素なんだろうが、もう半分は周りの空気を和ますために意図的にやっているんじゃないだろうか。

「騎士団や村の人達、そしてレオナに癒やしの場を提供するだけでなく、温泉街に活気を取り戻すのも俺達の目的だった。アルバート氏が俺達を妨害し、温泉街の土地を接収しようとしている今、その目的を果たすことは重要な意味を持つと、俺は考えている」

「……ブライ様の考えは分かりました。ですが、それと土地を明け渡すというのは、どう繋がるのでしょうか？」

「ああ。より広く、よりスパリゾートに向いた土地に、温泉街を移設したいんだ」

「温泉街の移設？　この一帯をまるまる？　本気なの？」

「ああ。実はエドに頼んで、もう候補地は確保してある。ここから北、エイレーンの西にある三日月湾《みかづきわん》だ。王族の直轄地だが、それだけになんの開発の手も入っていない。そこで、その湾上に巨大なスパリゾート施設を建設することにする」

　俺は一巻きになった大きな紙を広げる。先日まとめ上げた、真・スパリゾート建設計画の概要だ。大体のイメージイラストが描き込まれている。あまり丁寧な絵ではないが許して欲しい。三日月状の地形に沿って並び立つホテル群、それらに囲まれた湾上にそびえる巨大な塔のような施設。それが俺の考えた計画だ。

　一見無謀《むぼう》で途方もない計画だが、俺には【ログインボーナス】がある。そして、この事態で温泉街が一丸となって協力出来れば、俺の想像を遥かに超えた施設も作れるはずだ。

「アルバート氏が温泉街のみんなを追放して、自分の欲望のためにあの土地と温泉を食い物にするなら、俺はそれを徹底的に邪魔してやるつもりだ。アルカディアホテルを遥かに超える建物を建てて、新市街なんて目じゃない刺激的なサービスを考えて、徹底的に顧客《こきゃく》を奪ってやるんだ」

「なるほど……真正面から叩き潰すんだね」

「ああ。なんたって俺は追放のプロだ。追い出されることには慣れてるんだ。徹底的にやらせてもらう。そして、ニコルさんも全快させる。あの男の思い通りにはさせない」

「ブライ様……」

「ニコルさんの容態は深刻だ。きっと、なにか適切な治療方法がないとどうにもならない。だけど、それでも俺は諦めるつもりはない。このノーザンライト中を巡って、治療に使えそうななにかを見付けてやるさ」

「ありがとう……ありがとうございます……」

ユキさんの目の端に、うっすらと涙が浮かんだ。

「あ、ブライが泣かした」

「え!? いや、これは違うだろう……そういうんじゃ」

「ええ、そうです。私、嬉しくて。ブライ様がそこまで考えてくださっていたことが……温泉街を明け渡すと聞いた時は人でなしの悪鬼外道《あっきげどう》かと疑ってしまって、本当に申し訳ございません」

まあ、それに関しては誤解させた俺にも問題がある。サプライズをしようと張り切り過ぎた。というかユキさん、ちょくちょくトゲがあるな。薄々感じていたが、多少毒舌なのかもしれない。

「いやあ、拙者は最初からブライ氏のことを信じてたでござるよ。こちらの方々は、今にも暴れ出しそうでなだめるのに苦労したでござるが」

いつの間にか（いや、俺は気付いていたが）エスト達の背後に、レモンさんと温泉街の人達が集まっていた。

「ふん、まあ、そこまで言うのなら協力してやらんこともないがのう」

「ちっ。しっかりと土地まで用意しやがって。だが、俺達もアルバート様に土地を明け渡せってしつこく言われてるし、このまま無視したらもっと犠牲者が増えるかもしれないからな。わーったよ。協力してやる」

「二人とも、またそんな言い方して……ブライさんがここまでお膳立てしてくださったんですから、感謝の言葉ぐらいは口にした方がいいですよ」

怪我をして寝込んでいたはずの暇人Aさ……ビルさんとその息子のアンディさん。そしてBさんもそこに居た。ビルさんとBさんまでここに居るということは、どうやら温泉街の人達は、俺の計画に賛成ということで良さそうだ。

「よし、そうと決まれば大脱出だ。大手を振って、温泉街を出て行くぞ!!」

その言葉を合図に、温泉街の人達が一斉に雄叫《おたけ》びを上げた。

未だかつてこんな号令があっただろうか。

「つんつん」

その時、エストが俺の脇腹を突いた。というか、つんつんなんて口に出す人、初めて見た。

「さっきはごめんね。私、誤解しちゃって」

「いや、誤解させた俺も悪かったからな。気にする必要はないぞ」

「そう言ってくれると助かるよ。ところで……」

エストがなにかを言おうと、一瞬ためを作った。

「ブライってあまり、絵心ないんだね」

「一言、余計ってレベルじゃありませんよ、エストさん!!」

＊

ノーザンライトの北西にあるルヴェルソル湾は、国内でも屈指の景勝地《けいしょうち》だ。湾口《わんこう》約三・二キロメートル、南の岬《みさき》と対岸のルヴェルソル半島に囲まれた三日月状の湾で、海に陽が沈む姿が美しく、この一帯は王族の別荘地として独占されてきた。

「なあ、本当にぶっ壊しちまっていいのか？　王族の別荘だぞ？　それなりに歴史もあるんだぞ？」

乱暴さと傲慢さがウリの暇人Bことライアンさんだが、そんな彼でもさすがにこれから行うことには腰が引けていた。

「構わん。遠慮なくぶっ壊してくれて構わない。許可は出てる」

「そ、そうか……分かった。景気よくやっちまうぞ」

直後、発破の轟音《ごうおん》が響いた。計画に不要なエドの別荘は跡形もなく消し飛んだ。

「これよりルヴェルソル湾の開発を開始する」

正直、それなりに広大な場所なので、開発にどれぐらい掛かるのか想像が出来ない。三年？　五年？　十年？　いずれにせよ途方もない時間が掛かるだろう。しかし、それは普通ならの話だ。

「温泉街にあった施設なら全て再現出来る。沿海部に再現するつもりだが、立地については各ホテルで協議してもらう必要があるな」

「それで、ブライ。肝心のスパリゾートはどうするつもりなの？」

「前にも言ったが、洋上に作れないか模索するつもりだ」

ルヴェルソル湾周辺は王族御用達《ごようたし》のリゾート地だ。そこに別荘地が出来上がるとなれば、貴族や大商人達は目を輝かせるだろう。しかし、それだけではまだインパクトに欠ける。リゾートの目玉となり、話題性を生み出すに足る建物を用意せねば。

「洋上……ですか。正直、かなり難しいような気がします」

ユキさんの言う通り、技術的な課題は盛りだくさんだ。洋上に作るということは、波に揉まれても倒壊しない安定した構造を持ち、嵐や高波に耐えうるものを作らなくてはならない。

「だが、気象に関しては解決策がある。ノーザンライトで最も非常識な魔導具は何だと思う?」

「あれのことでしょうか? ノーザンライトの中央を覆っている」

さすが、この土地出身のユキさんはピンと来たようだ。

「そうだ。新市街と呼ばれている一帯と、貴族邸や魔導研究所のある区画は透明な障壁で覆われている。それには、雨風や雪を凌いだり、外からの攻撃や魔獣の侵入を阻む機能があってな」

「そんな凄いものがあるんですね。でも、それを一体どうやって用意するんですか?」

「もちろん【ログインボーナス】だ。ノーザンライトが開発した最高傑作の魔導具だし、それなりに大きな機構を持つらしいから、複製するにはかなりのマナを消費するだろう」

実際、どれぐらいかかるのだろうか? 数十万はかかるかもしれない。

「でも難しいんじゃない? マナ抽出量ってたしか、5000とかだったような気がするけど」

「それが今じゃ一日に5万だ」

「うそっ!?」

源泉を求めていくつものダンジョンを攻略した結果、それらのダンジョンからマナを抽出出来るようになったこと、このルヴェルソルの土地を得たこと、そして、村での戦いに続き、トレガノン城塞でも魔人を撃退したことで、より多くのマナが得られるようになったらしい。詳しい原理は不明だが、エイレーン村の発展に繋がり得る、あらゆる行動がマナ抽出量の増加に関係しているようだ。

「凄いですね。そうなると、その噂の魔導具の複製にはどれぐらいのマナが必要になるんですか？」

俺は【ログインボーナス】を発動させて、確認してみる。

――その魔導具の複製でしたら、一基につき500万マナを要します。

「なん……だと？」

精々、数十万ぐらいだと思っていたが、想像よりも桁《けた》が一つ多かった。

「まあ、ここ数年で出来た代物じゃないもんな。五十年以上も昔から研究されてきたんだっけか」

――ちなみに、ノーザンライトでは四基が運用されていますが、このルヴェルソルの一帯をカバーするのであれば一基で十分かと思われます。

「ちなみに今、マナはどれぐらいあるの？」

「400万ぐらいだな」

「結構、溜まってますね。十日待てば複製出来る計算ですけど」

「だが、マナはスパリゾート建設で他にも使う予定だ。一気に使い込むわけにはいかないな」

「そうなると、ダンジョン攻略する？　探せばまだ行ってないところとかあるよね？」

確かに、ダンジョン攻略はそれなりに有用だ。とはいえ、一回で得られるマナの量は規模にもよるが約３０００だ。抽出量の増加は１０００前後なので、だいたい二百五十のダンジョンを踏破する必要がある。俺はエスト達に、ダンジョン攻略によって得られるマナの量について説明する。

「うへえ、それはさすがに無理っぽいね……」

「手分けしたらどうにかなるってレベルではありませんね」

そもそもここらだけで二百五十もダンジョンがあるわけがない。やはり、障壁は諦めるか？　まあ、洋上に作ることを諦めれば、わざわざ障壁を用意する必要もないのだが。

――それでしたら、アビスを攻略するというのはいかがでしょうか？

策に窮していると【ログインボーナス】から提案がなされた。

「アビス……？　聞き慣れない名前だな。エスト達は聞いたことあるか？」

「うーん、ない!!」

「ありませんね」

「私も寡聞《かぶん》にして……」

誰も心当たりはないようだ。

――アビスというのは、暗黒大陸で用いられている転移空間のことです。ダンジョンと似た構造をしていますが、より強力な魔獣が闊歩《かっぽ》しており、暗黒大陸内でのみ発生する特殊な瘴気《しょうき》をエネルギーとして利用することで、長距離転移が可能になる機構を有しています。

「俺がダンジョンと城を結んで転移しているような感じか？」

――ブライ様が用いられているものと同様、再使用に制限はありますが、大容量の転移が可能

です。

「上位互換じゃないか……ってちょっと待てよ、大容量の転移か」

俺が使っている転移は、ダンジョンで得た戦利品や数人の仲間を連れていく分には問題ないが、一度使用するとしばらく同じダンジョンへは転移が出来なくなる。転移に必要な魔力量が膨大で、その充塡《じゅうてん》に時間が掛かるという理由らしい。一方、暗黒大陸にある似たような機構では、より大勢の転移が可能なようだ。

「つまり、大量の魔族を転移させることも可能ってわけだな」

「もしかして、以前エイレーン村に魔族の軍勢が押し寄せたのは……」

ラピスも俺と同じことに気づいたようだ。

「それだけじゃない。今もトレガノン城塞で魔族の侵攻が続いているのも、そのアビスとやらがあるからなんじゃないか？」

――断定は出来ません。ですが、可能性は高いと思われます。

トレガノン城塞への侵攻はかなり苛烈《かれつ》で、騎士団はかなり疲弊している。おまけに、二人目の魔人まで現れた。そのアビスをどうにかしない限り、結界の完成の前に防衛線が破られかねない。

「ここは一つ、マナ稼ぎがてら魔族退治と行くか」

＊

《北の回廊》を抜け、暗黒大陸に侵入する頃に、禍々《まがまが》しい洞窟が目に入った。

「一応確認だが、あれがアビスでいいのか？」

――はい。中は強力な魔獣で溢れているので十分に気を付けてください。

「分かった。とはいえ、なんとでもなりそうだが」

俺は立ち止まって振り返り、今回付いてきてくれた頼もしい仲間達に視線を送る。エストにラピス、エドにクレア殿、改めクレアさん。レオナまで付いてきたのは少し不安だが、これだけの実力者がいれば大丈夫だろう。そう確信すると、俺はアビスの奥へと向かっていく。

「フハハハハハハ、トゥリャァアアアアア！！！！！」

目映《まばゆ》いばかりの光を全身から発しながら、エドが魔族の群れへと突進していく。哀れ魔族達は、エドの突進をまともに受けてしめやかに爆発《ばくはつ》四散《しさん》していく。王族のロイヤル格闘術の前では、どんな魔族も耐えることは出来ないのだ。

「さすがは、陛下。魔族程度じゃ止められもしませんね」

そう言うクレアさんは自分に襲いかかる魔族達をちらりとも見ずに切り刻んでいく。あの細腕で、身の丈ほどの大剣を振るうのだからでたらめだ。

「ラピスちゃん、私達も負けてられないよ」

「そうですね」

魔族のほとんどは、エドとクレアさんによって撃破されていくが、エストとラピスも負けじと冷気と光の矢を放って、残った魔族を蹴散らしていく。どうやらこの分だと、俺はなにもしなくても良さそうだ。

「な、なんだ、なにが起こっている？　どうして、人間どもがこんなところに⁉」

「まさか、オデ達の作戦がバレたのか？」

「くっ、グルダ様はまだか？　抑えきれんぞ」

あまりにもデタラメな戦闘力を誇る猛者《もさ》達を前に、魔族達が恐慌状態に陥る。

「仕方がない。ここは我に任せよ」

その時、一際巨大な魔族がクレアさんとエドの前に立ちはだかった。それは青い肌を持ったオーガであった。通常オーガは赤い肌を持っているが、目の前の個体はどうやら〝変異種〟のようだ。

ただでさえ強力なオーガだ、その〝変異種〟ともなれば油断出来ない。

「退け、人間共よ」

オーガがゆっくりと太刀《たち》を抜いた。太刀とは、ユキさんの祖国オウカで用いられている剣のことだ。美しい反《そ》りと、尋常でない切れ味が特徴であるが、どうやら目の前のオーガはその太刀の使い手らしい。構えに隙が一切見られない。

「ほう、見事な業物《わざもの》だ。太刀を使う相手との戦いは初めてなので、少し楽しみだな」

一方のエドは臆《おく》せず、オーガの元へと歩いて行く。

「止まれ。それ以上、進めば……死ぬものと思え‼」

「ならば、試すが良い。ヘァアアアアアアアアアア！！！！　炎煌拳《えんこうけん》！！！！！」

勝負は一瞬であった。太刀を振るう間もなく、真っ赤に光り輝くエドの拳がオーガに炸裂《さくれつ》したのだ。

「つ、つよすぎる」

エドの一撃を受けてオーガが倒れ伏すと、やがて爆散していった。

「うむ、これで最深部の魔族はあらかた撃破出来たな」

エドは深呼吸をし、体勢を立て直す。

「やはり、魔族は転移を使ってトレガノン城塞に侵攻してきていたんだな」

アビスの最深部には、青紫色の混沌《こんとん》とした魔力の奔流《ほんりゅう》が形成されていた。ここにいた魔族達はこの渦を通ってやってきていたため、これこそが転移に使われる〝門〟なのだろう。

「この転移門、塞いだりは出来ないのか？」

――可能です。付近に、瘴気を収集して門へと変換している装置があるはずです。

俺は【ログインボーナス】の声に従い、装置のようなものを探してみる。すると……

「俺は鳥人族イチの伊達男《だておとこ》～、美しい翼にくちばしを持っているのさ～」

門の奥から調子外れな歌が響き渡り、一人の鳥人が姿を現した。

「いざ行け～我ら最強の～って……げぇっ⁉　な、なんだこりゃ、どうなってやがる？」

はつらつとした様子で歌っていたが、辺りに倒れ込む魔族を目にしたことで大いにうろたえ始める。それにしても、あの鳥人の姿、非常に見覚えがある。

「前に報告を受けた者とよく似ておるな」

エドも同じ感想を抱いたようだ。色の違いこそあるが、それ以外は前に倒した鳥の魔人に瓜二《うりふた》つだ。

「え、えっと……魔人ってことは、あのガルデウスと同格ってことだよね？」

「ええ、最大限に警戒しないといけませんね」

ガルデウスほど強いかと言われたら微妙なところだが、エストとラピスは前に倒したフィーニスについてよく知らないため、かなり緊張した表情で警戒していた。実際、仮にも魔人の端くれなのだから、気を引き締めるに越したことはないだろう。

「陛下、お下がりください。ここは私が」

クレアさんがエドをかばうように剣を抜く。しかし、エドの方はというと、それを手で制して、彼女の前に出た。

「以前は魔人相手に大敗《たいはい》を喫《きっ》したが、あれから私も鍛え直した。ここらでリベンジと行きたい」

「……仕方ありませんね。では、私もお供いたします」

クレアさんとエドが凄まじい闘気を放つ。なんというか、二人だけで全ての片が付きそうな勢いだ。

「エスト、ラピス、俺達もやるぞ。相手は一応、魔人だからな。本気で掛かろう。レオナは後ろに下がって、援護に徹してくれ」

俺が剣を抜くや、エスト達も臨戦態勢に入る。俺達と魔人の間に、張り詰めた空気が漂う。

すると……

「ま、待て。貴様ら……六対一は卑怯《ひきょう》ではないか!!　ここは一対一の真剣勝負といかないか!?　そして、我が勝ったら見逃してくれ!!」

魔人が情けないことを言い出した。

「そ、そうだな……前の二人は明らかに強そうな気配がする。あの黒髪の男もなんか強そうな武器を持ってるし……よし!!　そこの銀髪の少女。お前が相手をしろ!!」

しばらくの後、魔人がエストを指名した。

「え、私!?　ブライ、どうしよう?」

「どうしようって、聞く耳持たなくていいだろう。全力で潰すぞ」

出鼻を挫かれたような気分だが、そもそも魔人相手に譲歩する理由などない。気を抜けば、死ぬのはこちらなのだし、ここで向こうの言い分を聞く必要などないのだ。

「そんな!!　そこをなんとか……我には兄者のような再生能力はないんだ……」

驚いたことに、目の前の魔人が跪いた。そして、額を地面に擦り付けるように上半身を倒したのだ。土下座――オウカにおいて最大限の謝意と懇願を表す行動だ。

「お願いします!!　お情けを!!」

さすがに、ここまでされるとやりづらい。魔人とは残虐な存在だ。まともなコミュニケーションはとれず、遭遇すればどちらかが死ぬまで戦い続けるしかない。しかし、目の前の魔人は戦いを挑むどころか、あっさりと土下座して、譲歩を要求してきたのだ。

「ふむ、なんというか。気勢が削《そ》がれる相手だな」

他の仲間達も同様で、特にエドなどは困惑を隠せないといった様子だ。

「仕方ない。一対一の挑戦を受けよう。ただし、戦うのは私だ。エストくんを危険な目に遭わせるわけにはいかない」

エドが、魔人を立たせようと側に寄ったその瞬間——

「バカめ!!　引っかかったな。ゴールデンサンシャインスパァアアアアアアク！！！」

なんという生き汚さか。魔人は高らかな叫び声をあげたかと思うと、全身から目映いばかりの黄金の光を発してエドに奇襲を掛けたのだ。

「我が輝きは太陽の光!!　邪悪なる者よ、浄化の輝きに呑まれて滅びるが良い!!」

子ども向けの英雄譚《えいゆうたん》で出てきそうな口上と共に、魔人の輝きがエドを呑み込んだ。

ふざけた攻撃に見えるが、魔人だけあってその熱量は凄まじく、確かに太陽を思わせるほどだ。

まともに直撃を食らえばただでは済まないだろう。

「エド、大丈夫か!?」

心配になってエドに呼びかける。つい、タメ口で呼びかけてしまったが、大丈夫だろうか？

「うむ。なにか企んでいるとは思っていたが、よもやこれほどの隠し球を持っていたとはな。だが、輝きなら私も負けぬ!!」

声が返ってくるのと同時に、魔人の放つ輝きを押し返すように一層目映い光が解き放たれた。

「実に奇妙な巡り合わせだ。まさか、こんなところで、私と同じく太陽の輝きを持つ者と巡り会えようとはな」

神々しいまでの黄金の光の中、一人の男が立っていた。

「エド、その姿は……？」

そう。日輪の光を背負い、エドが金色に輝いていたのだ。

「あのガルデウスとの戦いで、私はあっさりと打ち倒されてしまった。この手で愛すべき民を守ることが出来なかった。あの時ほど、己の不甲斐なさを悔しく思ったことはない。故に、私は輝きを求めた。そして、永遠となったのだ!!」

言ってることはよく分からないが、その闘気は凄まじかった。

黄金の輝きをまとったエドは重心を落とし、右腕をゆっくりと引いて構えた。

「あれは、エドお得意の炎煌拳か？　凄まじい魔力量だな」

エドを中心に凄まじい魔力の奔流が湧き起こり、その右手に収束していく。エドが得意とする、魔法と格闘術を組み合わせた奥義の一つだろう。

「違うよ、ブライ。あれはエドさんの心の光だよ」

「心の……光？」

「エドさんのこの国を思う心が、力となって宿っているんだよ。愛が、勇気が、涙が!!」

エストまでよく分からないことを言っている。どうやら、エドの暑苦しいノリに巻き込まれて変なことになっているようだ。

さて、エドの方だが、収束した魔力が巨大な灼炎《しゃくえん》となって巨大な拳を形成していた。先ほどのオーガを倒した一撃とは比較にならない迫力だ。

「愛《あい》・乱《らん》・舞《ぶ》・勇《ゆう》!!」

つまりアイラブユーか。魔人を愛してどうする。エドは叫び声に合わせて、決めポーズを次々に取っていく。ちなみにこの間、魔人はエドの闘気に圧《お》されてへたり込んでいた。

「絶招《ぜっしょう》・日輪炎煌拳《にちりんえんこうけん》!!」

そして、その巨体からは信じられないほどのスピードで駆け出すと、魔人の方へまっすぐに拳が放たれた。結果は言うまでもない。魔人は蒸発し、アビスに潜む脅威は完全に排除された。

「愛と勇気の勝利だね……私、感動したよ!!」

あのノリがいたく気に入ったのか。エストは一人で大盛り上がりしていた。

「一体、なんの時間だったのかしら」

呆れたようにレオナが言い放った。俺も同感だ。


「これが転移門の発生装置か。どうすれば、いいんだ？　破壊するのか？」

——うん。そこに置かれている魔障石《ましょうせき》を回収することで、他のアビスとの転移機能を封じることが出来る。

「意外と簡単な手順なんだな」

というか、【ログインボーナス】の口調が何だか砕けているような気がする。それに、声もいつもの無機質なものから、気が抜けるようなのんびりとした声に変わっている。

——ほら、早くとって。

俺の疑問をよそに【ログインボーナス】が急《せ》かしてくる。

とりあえず、俺は指示通りに魔障石とやらを回収する。これでアビスの攻略は完了となる。

「それで、マナはどうなるんだ？」

――一日の抽出量は15万。おまけに、アビス攻略と魔族及び魔人撃破の報酬で200万マナが手に入るよ。

「すごいね、ブライ。マナを溜めるのに苦労してた、貧乏時代とは大違いだよ」

「ああ。また、随分な大盤振る舞いだな」

――元々、暗黒大陸は魔力濃度が極めて高い土地だから。アビスはその中でも特に純度の高い魔力が満ちている場所だし、通常よりも効率がいいのは当然。

「魔力濃度が高い……そういえば、暗黒大陸だと珍しい素材が採取出来るなんて聞くけど、その魔力の濃さが影響しているのかしら？」

レオナの研究者心がくすぐられたようだ。

――うん。この世界に存在するありとあらゆる物質は、この暗黒大陸から発生した。もちろん、人類も例外じゃない。だから、私も本来の力の一端を取り戻すことが出来る。

「待て、今、さらっととんでもないこと言わなかったか？」

――私が本来の力の一部を取り戻すという話？

「違う、そうじゃない。全ての物質は暗黒大陸で発生したとかなんとか」

――当然。そもそもこの管理世界で初めて作られたオブジェクトは暗黒大陸。それよりも、私の本当の力には興味ないの？　本邦《ほんぽう》、初公開だよ？

「いやいやいや、それどころじゃないぐらいに、お前は今、とんでもないことを口走っているぞ？」

――ブライは、暗黒大陸でアビスを攻略するぐらいには頑張った。だから、情報の一部を開示しただけ。それよりも、力を取り戻した私を見て欲しい。ちなみに費用は100万マナ。

なんだろう。いつもと【ログインボーナス】の雰囲気が違いすぎる。なんというか、親に甘える幼子《おさなご》みたいだ。というか、高くない？

――というわけで変身。

気の抜けたような声と共に、目の前に蒼白い光が現れる。【ログインボーナス】でアイテムを開発した時に出てくる光だ。それはゆっくりと人型を形成していき、やがて光が晴れると同時に、亜《あ》麻《ま》色《いろ》の髪の少女が現れた。

「なん……だと」

恐ろしいことに、【ログインボーナス】が少女を産み落としてしまった。

どうしよう。誘拐《ゆうかい》？　犯罪者？　養育費？　突然の事態に、様々な言葉が頭の中を駆け巡る。

「違う。なにか勘違いした顔してる。私は【ログインボーナス】と呼ばれる存在。ずっと、ブライのサポートしてきた。超万能マナ変換器」

「【ログインボーナス】？　いや、確かに人格めいたものはあったが……え？　どういうこと」

「ずっと、力をなくしていて限定的なコミュニケーションしか取れなかった。だけど、このアビスのマナを活用することで、こうして生身の身体を手に入れた。これで自由」

「うーん、よく分からないけど、かわいいね」

「ええ、とても愛らしいです」

「おめでとう、パパ」

うちのお嬢様方は、なんとも呑気なことだ。

「レオナ、パパはやめろ」

もうなにがなにやらだ。

「というかお前、もしかして身体が欲しくてアビスを攻略させたんじゃないだろうな……？」

「…………そんなわけない」

しばらく間があったぞ。

「それよりも、『お前』というのはなんかいやだ。なにか名前を付けて欲しい」

【ログインボーナス】じゃダメなのか？」

「それは私の持つ機能の名前。私自身を識別するなにかが欲しい」

急にそんなことを言われてもなにも思いつかない。俺はしばらく思案する。

「そうだ、ロ――」

「ロボ子以外で」

俺の渾身《こんしん》のネーミングは、あっさりと却下されてしまった。

「というかなんで、ロボ子だってバレたんだよ。まさか、俺の思考を読んだのか？」

「ブライは分かりやすすぎるので読むまでもない」

「それはそうだよね」

「私も絶対に言うと思っていました」

「日頃の行いよね」

くっ、みんな好き勝手言いすぎだ。

「じゃあ、そうだな……瞳の色からとるのはどうだ」

ロボ子（仮）の瞳は鮮やかな青色をしているし、いい名前も連想出来るのではないだろうか。

「異国の言葉からとってアズールみたいな感じかしら？」

「サファイアのように綺麗な瞳ですからサフィーはどうでしょう？」

「ブルーのブルちゃんで!!」

一人だけネーミングセンスが壊滅的な奴がいるな。

「青い空からとってシエルってのはどうだ？」

あまりこの辺りでは使われない言葉だが、響きは悪くないと思う。

「シエル……良い。響きが気に入った」

どうやら好感触のようだ。俺のセンスも捨てたものではないのでは？

レオナが頷いて他の二人に視線を送る。

「悪くないんじゃない？」

「ええ、ロボ子よりは全然いいかと」

「ブルちゃんもいいと思うんだけどなあ」

「それはない。エストはセンスが悪い」

「ガーン」

自分でガーンとか言うやつ、初めて見たな。

「いずれにせよ名前はこれでいいとして。一つ気になったんだが、ここと城を結んで転移することは出来るのか？」

「可能。一度に転移させられるのは十人に満たないし、一日に使える回数も限られるけど可能は可能」

アビスからの転移になると、ダンジョンからよりも制約が増える感じか。

「まあ、ここから楽に帰れるなら十分だな。トレガノンからここまで相当な距離だからな」

「魔族の襲撃を警戒して、徒歩で来たしねえ。もうクタクタだよ」

「そうだな。さっさと帰るとしよう」

「あ、待って、ブライ。私も一つ確認したいんだけど」

「ん？　どうした？」

元々、レオナは連れてくるつもりはなかった。エスト達と比べて魔力が多いわけでも、戦いの心得があるわけでもない。しかし、本人たっての希望で今回連れてきた。

「ダンジョンでたまにレアな《古代遺物《アーティファクト》》が見つかるでしょう？　アビスはどうなのかなと思って」

確かにダンジョンでのレアアイテム探索も冒険者の醍醐味《だいごみ》だ。アビスもダンジョンとよく似た構造をしている以上、なにかが隠されていそうではあるが。

「残念だけど、アビスにそういった報酬はない。ここは女神に作られたダンジョンと違って、予期せず生み出された偶然の産物」

「え、待てよ。ダンジョンって女神が生み出したものなのか？」

「そう。人間を鍛えるために作り出した修練所。だから、奥にはボスや宝物が置かれている」

そうだったのか……てっきり、古代人が作った超文明的なにかかと思ったのだが。

「そう……それじゃあ、戦利品には期待出来ないのね」

「なんだ、レオナ。もしかして、レアアイテム好きだったのか？」

「違うって。あなた、海の上にスパリゾート建設するとか言ってたでしょう？　そんなの簡単には出来ないから、役に立つ《古代遺物《アーティファクト》》でもないかと思って」

「そういうことか。色々、無茶振りしてすまんな」

「まあ、あなたと出会ってからずっとこうだし。でも、そうなると他の方法を考えないと」

やはり、無茶な計画だったか。今からでも他の計画を考えるべきか。

「報酬はないけど、レオナが望んでるような《古代遺物《アーティファクト》》の再現は可能」

その時、シエルがぼそりと呟いた。

「それ、本当？」

「うん。ここは暗黒大陸でも一層濃い魔力が集う場所。それを利用して作ることは出来る。構造はダンジョンに似ているから、私でも制御は出来そうだし。ただし、すぐには出来ない。だいたい二週間。それと、ここから抽出するはずのマナもその間は手に入らない」

確かここの攻略で、一日5万マナ手に入るという話だったな。その5万は当分、アテにならなくなるということか。

「大丈夫、ブライ？」

「ああ、別になくてもやりくり出来るだろう。それよりも洋上の建設に望みが出来るなら、俺もそっちに賭けてみたい」

「じゃあ早速、生成を――」

「ちょっと待った」

《古代遺物《アーティファクト》》の再現を始めようとするシエルを制止する。

「どうしたの？」

「もう一つ確認したいんだが、ニコルさんを回復させる薬みたいなものは用意出来ないか？」

「魔剣で付けられた傷は通常、回復させられない。ただし《古代遺物《アーティファクト》》には可能なものもある」

「なら、それも一緒に頼めないか、シエル？」

「お安い御用。アビス内のエーテルリアクターへの霊子干渉を実行。管理権限を上書き、及び動力の《ドヴェルグ・ハンマー》への転用を開始。反重力機関の生成を開始する」

なにやら分からないが、洞窟内に膨大な魔力が渦巻き始めた。

それはまるで嵐のような奔流に変化していき、しっかりと踏ん張っていないと身体が巻き上げられそうになる。

「な、なあ、シエル。大丈夫なのか？」

「あっ、言い忘れてた。このままここにいたら、マナ崩壊の余波に巻き込まれてミンチになっちゃう」

「それを先に言えぇぇえええええええ！！！！」

俺は大慌てでアビスと城を繋げると、その場にいた全員を城へと転移させるのだった。

＊

「ブライ、起きて」

アビス攻略から数日後、自室で眠っていると、誰かに呼び起こされた。どうやらレオナの声だ。

「ん……どうしたんだ？」

「出来たわ……ついにやったのよ」

出来たというのは、竜石の利用方法を確立させたということなのだろうか。

俺は早速、レオナに連れられて、竜石製の霊子炉を見に行く。

「随分とデカいな」

円柱の形をしたそれは、俺の背の二倍ぐらいの高さで、魔導具の動力としては規格外のサイズだ。

「一般的な霊子回路を構築して魔力を吸い出そうとすると、出力が制御出来なくて一瞬で焼き切れちゃうから。どうしても大きくなっちゃうのよ」

「なるほどな。とはいえ、本当にこの短期間でここまでやってくれるなんてな」

「ほとんど両親のお陰よ。研究は最終段階まで進められていて、あとは有効性を実証するだけだった」

「それでもすごいことじゃないか。竜石製の霊子炉、実用化は世界で初めてなんだろう？」

「そうね。でも、これは人には過ぎた技術かもしれない。これ一つでノーザンライトの全魔導具を稼働させるほどのエネルギーがあるもの。きっと、両親はこんなものの研究に携わったから、命を狙われたのかもしれない」

レオナのご両親は既に亡くなっているとは聞いていたが、やはりその死には裏があるようだ。

「もちろん、ブライにこれを悪用するつもりはないって分かってるけど、出来ればこれの存在は隠しておいて欲しい。せめて、私の両親の命を奪ったのが誰か分かるまでは」

「ああ、約束する。その誰かをぶっ飛ばすまで、この炉心は念入りに隠すことにしよう」

「ぶっ飛ばすって、なにもそこまでは……」

「そいつは既に一線を越えた。おまけに、レオナまで狙ってるんだ。それなら保護者として、二度と手を出せないようにしないとな」

「ほ、保護者って……別にそんなに年離れてないでしょ……」

そっとレオナがため息をついた。さすがに子ども扱いは、失礼だったろうか？

「すごい、レオナ。もう、竜心炉《りゅうしんろ》を完成させたんだ」

その時、淡々とした声が部屋に響いた。

「シエル、いつの間に？」

予期せぬ来訪者はシエルであった。今ではすっかりこの城にも馴染み切ったシエルは、この部屋にも我が物顔で侵入してくると、レオナの作り出した霊子炉をまじまじと見つめた。

「霊脈の活性化を感じた。どうやらこの竜心炉と共鳴してるみたい」

「竜心炉……それが本当の名前なのか？」

「本当かは分からない。ただ、前にこれと似たようなものを作った人はそう呼んでたってだけ」

前に作った人というのは、古代人のことだろう。前にダンジョンで見付けた、列車を生成する《古代遺物》《アーティファクト》は、これと同じく竜石を利用していたことが分かっている。

「やっぱり、ブライに任せて正解だった。ほんの少しだけど、確実に文明が進んでる」

「俺じゃなくて、レオナとご両親のお陰だけどな」

「そういう縁を引き寄せたのもブライ。もっと自信を持って」

なぜか、シエルに励まされていた。自信を持てと言われてもなあ。別に謙遜で言ったわけじゃないし。

「というわけで、私からプレゼント。この炉心とアビスで作った反重力機関で、今一番必要な物を用意してあげる」

「一番必要な物？」

「それは見てのお楽しみ……エスト達も連れておいで」

シエルはそう言ってジトーッとした視線のまま、ニヤリと笑みを浮かべた。エストあたりの笑い方を真似でもしたのだろうか。

さて、俺はシエルに言われて、ルヴェルソルの方へと転移した。そして、徐々に海岸が見えてきた頃。

「な、なんだあれは……」

俺達はそこに広がっていた非常識な光景に目を疑った。

「端的に言って、島が浮いてますね」

「ああ……はは、さすがにこれは予想してなかったな」

そこにあったのはちょっとした街ほどの大きさの浮遊島とも呼べるものであった。豊かな自然で溢れ、山々が連なる起伏に富んだ地形で、周囲には小規模な島々が浮いている。

当初の想定では、海の底に建物を建てるとか、海からほんの少し建物を浮かせるとかそういうのを考えていたのだが、まさか大地ごと空に浮かべるなど思いも寄らなかった。

「見て、ブライ。なにかが島と海岸を結んでる。あれってレオナちゃんが解析してたやつだよね」

島の各所と沿岸部に光の柱が置かれている。その柱と柱は光のレールで結ばれているが、あれは以前発掘した《古代遺物《アーティファクト》》だ。

「柱の数が多くないか？　俺が見付けたのは一本だったはずだが」

「魔力が許せば、いくらでもレールを結べるってのがあの《古代遺物《アーティファクト》》の性質よ。竜石の動力で、柱を複製してあれだけのレールを敷いてるみたいね」

レオナはこれまでの解析の成果を解説する。シエルがそれに付け加える。

「ちなみに、竜心炉はあの島の中心部に安置してる。ダンジョンと同じような空間が広がってるけど、城からの転移でしか入れないから誰も手出しは出来ないはず」

「そうか。まったく、大したもんだなシエル」

俺はシエルの頭をそっと撫でる。

「もっと、褒めてくれていい。私にはすぱりぞーと？とかいうのはよく分からないけど、こうして必要な物を用意することは出来る。それは私にしか出来ないこと」

さて、これで本格的に全ての準備は整った。あとは、エスト達の理想を固めていくだけだ。

第八章

――温泉だよ!!　温泉!!

思えば始まりは本当に軽いノリだった。倒れたレオナに、戦い疲れた騎士達、観光客が減って困っている温泉街のため。そこに、温泉街で陰謀を巡らせて私腹を肥やそうとするアルカディアホテルを叩き潰すという目的が加わって、今では巨大な浮遊島に施設を作ろうというところまで来た。

「見た目のインパクトもだけど、大事なのは中身だよ、中身!!　曲がりなりにも相手はあのアルカディアホテルなんだから。泊まったことないけど」

「確かに、料理はうまかったし、中身は豪華だった。、身なりさえきちんとしてればサービスは最高だからな。あのホテルは」

「エストさんの言う通り、並のサービスじゃ太刀打ちは難しいでしょうね」

ユキさんの言葉には深い実感が籠っている。

「というわけで、実現可能不可能問わずに、こんなのが欲しいっていうアイディアを募集してくよ。なあに、ブライとシエルちゃんがどうにかしてくれる」

他力本願の極みだ。とはいえ、俺達がアルカディアに勝るのはその点だ。マナさえあれば温泉引き放題、食材の仕入れも格安、建材の心配も要らない。なら、温泉街の人達がひたすらアイディアを出し合って、そのひな形を元に【ログインボーナス】でぱぱっとモノを用意すればいい。ランニングコストと初期投資が抑えられる。それが、俺達の強みだ。

そうして、俺達は至高の施設を作り上げようと案を出し合い、一見不可能とも思えるような施設でも【ログインボーナス】で強引に実現していった。

そのようにして怒涛の日々を過ごし、ついにスパリゾートの試作型とも呼べる施設が完成したのだ。

「さて、ガワと基本的な設備は揃った。ということで、まずは俺達で堪能させてもらうとしよう」

これからは、実際の使用感を味わうための設備体験会の時間だ。

最終的には今回のプロジェクトに関わってくれた人全員に参加してもらう予定だが、ひとまず先駆けとして、俺、エスト、レオナ、ラピス、それにシエルで温泉体験をすることとなった。

「上質な木で彩られた味わいのある空間だな」

今回、用意したのは大きく分けて三つの施設だ。

一つ目は食堂、休憩所、土産店、バー、遊技場などの施設が揃った中央館。二つ目は温水プールを扱った、城のような威容を誇るテーマパーク。そして三つ目はオウカ風建築で築かれた温泉施設で、俺達が訪れているのは温泉施設の方だ。

受付から脱衣所に至るまでに築かれた、あらゆる空間が趣深さと静謐《せいひつ》さに満ちている。

「素材は木材、柱はあえて剥き出しにされ、一つ一つの調度品も、豪奢《ごうしゃ》を追求するこの国の建築とは対照的な質素さだが、それがここまで品のある雰囲気を醸し出すなんてな」

そこにいるだけで心が洗われる居心地のよさだ。これは、きっと人気を博《はく》すに違いない。

「私にはわびさび？というのは分からなかったけど、なんとなくここが居心地いいのは分かる。早速、入ろう」

「シエル、お前は女湯だ」

「でも、私とブライは一心同体」

「だとしても、節度は守ろう。さあ、エスト達のところへ行ってこい」

シエルを女湯へ案内すると、俺はかつて経験したことのない雰囲気に胸を躍らせながら、浴場へと向かった。

「ふぅ……これは炭酸泉ってやつか」

ピリッというかジュワッというか、不思議なくすぐったさが魅力的な湯だ。血行の改善や美肌に効果があるらしい。生傷の絶えない冒険者なので塩泉の世話になることは多かったが、これはなにげに初体験だ。

「先付けというかなんていうか。まず最初に味わう湯としてはスタンダードで上々だな」

しばらく湯を堪能すると、俺は次の湯へと向かう。

「電気風呂……こいつは大丈夫なのだろうか」

スパリゾートの目玉の一つはこれだ。今回、施設に関する魔導具の研究は、レオナや魔導具に明るい温泉街の職人、及び彼らの知己である職人街の知り合い達によって進められた。

そこで開発されたのが、電気の刺激で身体を揉みほぐす特殊な魔導具だ。

「ん……うおっ⁉　おっ、おっ、ビリビリしてきた……」

なんだこれ？　し、痺れる。間違って腕を枕にして寝てしまった時のような、ピリピリとした感じが全身を覆う。

「な、うわぁああ⁉」

直後、俺の全身を握り込むような奇妙な感覚が襲った。

「な、なんだ、誰かいるのか？」

一体なんなんだこの湯は。まるで、本当に誰かに触られているような心地がした。

「身体を揉みほぐすって言ったが、慣れてないと奇妙でしょうがないな」

とはいえ、実際に使用感を味わう必要があるのは事実だ。俺は再び入浴に挑戦してみる。

「おぉ……これは、うん。最初はくすぐったいが、少しずつ体を慣らしていくと、これはいいな……」

これはこれで悪くない。まるで本当にマッサージ師に腰を揉まれているかのような心地よさだ。

「うむ。次に行こう」

しばらく電気マッサージを堪能すると、次のコーナーへと向かう。すると、そこにはとても浅く張られた湯があった。

「これは確か、寝転び湯だな」

実際にエストが経験したものらしい。つるつるの石材の上に浅めに湯が張られていて、そこに寝転ぶことが出来るそうだ。

「これは完全に初体験だな。試してみよう。転ばないように気を付けてと」

俺は石の上にゆっくりと寝転んでみる。

「これは……なんて心地いいんだ……」

湯に浸かりながら寝転ぶなんてどんな心地だろうと思ったが、これは想像以上に気持ちがいい。

身体に感じる重力が湯によって和らげられ、なんとも幸福な浮遊感が身体に生まれる。

「こりゃ、何時間でも浸かってられるな……」

決して熱すぎずぬるすぎない湯が全身を覆う心地に癒やされ、ゆっくりと眠気が襲ってきた。

俺はそれに抗《あらが》うことなく、徐々に意識を落としていくのであった。

＊

「ブライ兄さん。なにをもたもたしてるんだ」

雲一つない澄み渡った空が広がる、そんな心地よく清々しい日のことだ。

帰り道の先で、俺を呼ぶ声がした。ひどく、懐かしい声色だ。

「待ってくれ、ライト。こっちは荷物がたくさんあるんだよ。というかお前も持てよ」

「僕は、この鉱石を運んでるから無理だよ。だいたい兄さん、大雑把《おおざっぱ》だからこういうの持たせたら壊しちゃうかもしれないだろ？」

そう言って金髪の男性が笑みを浮かべた。笑顔こそ爽やかだが、どこかイヤミなのは相変わらずだ。

「ライトの言う通りだぜ。俺ら大雑把組はおとなしく力仕事担当といこうぜ」

「ええ、人には適材適所というものがありますからね」

「そういうおめえは、もう少し持ってくれよ。セラより少ねぇじゃねぇか」

ガルシアは調子のいいレヴェナントを咎め、自分の持っている荷物の一部を預けた。

「う、うわぁあ!?　きゅ、急になにを……？　わ、私には無理です」

別に大した量でもないはずだが、レヴェナントは荷物の重さに引きずられて腰を落とし、全身をぷるぷると痙攣《けいれん》させ始めた。

「なるほど。適材適所ってのは確かにそうなのかもな」

「まさか、ここまで非力なやつだとは思わなかったぜ」

そう言って俺達は笑い合う。

そうか……これは、まだ俺達が駆け出しだった頃の話か。

あの頃は、パーティもDランクになりたてで、手頃な依頼をこなしては細々と稼いでいた。

「ふふ。でも、二人とも本当に強いよね。ついこの前までEランクだったなんて嘘みたい」

「まあ、冒険者にはなりたてだけど、魔獣との戦いには慣れてるからね。これからも遠慮なく任せてよ。全部、やっつけちゃうから、兄さんが」

「俺がかよ……お前も手伝えって」

今から考えると本当にありえない光景だ。ガルシアやレヴェナントはともかく、ライトとセラとこんな風に笑い合うなんて。いつの頃からか、ライトは敵意と憎しみを露わにし始め、俺を兄と呼ぶことはなくなった。

「やっぱり、全てを忘れてやり直すなんて無理な話だったのか……」

俺はぼそりと呟いた。ずっと、こんな風に穏やかに過ごせるものだと思い込んでいた。

しかし、いつしか俺の実力は伸び悩み、ライトとセラは俺への敵意を抱いてパーティから追放し、穏やかな日々は終わりを迎えた。

「全て、あなたのせいでしょう？」

突如、それまでの光景が消え去り、俺の周囲を暗闇が包み込んだ。

唯一残ったのは、あの心底俺を見下したような表情を浮かべたセラだった。

「忘れたとは言わせない。あなたがライトにした仕打ちを」

底冷えするような声で、セラが言い放った。

「なんだ。お前はなにを知っているんだ？」

セラに問いかけるが返事はない。

当然だ。目の前にいるのはセラではない。俺の記憶から生み出された幻影のようなものだ。

「いや……そうだな。俺に力がなかったばかりに、俺はあいつを止められなかった」

今でも鮮明に思い出す。

【月夜の猫】に入る前、俺はライトと師匠と、そしてエイルと名乗る少女と旅をしていた。

そして、今から五年ほど前、旅路の途中でライトは突如エイルを襲った。理由は分からない。あの時のライトは紅く目を光らせ、正気を失っていた。

「あなたが、ちゃんとライトを止めていれば……でも、あなたはライトを傷付けることを恐れて、なにも出来なかった。そのせいでエイルは死んだのよ」

俺はなにも出来なかった。尋常じゃない力を発揮するライトに一瞬で倒されてしまい、みすみすエイルを死なせてしまった。

「でもあなたは、ライトの記憶を封じて、全部なかったことにした」

そうだ。全部、俺のせいだ。俺が未熟だから、そんな道しか選べなかった。だから、本当は俺があの日々を懐かしむ資格なんてない。きっとライトが俺を憎むようになったのは、記憶を取り戻したからだろう。高名な魔道士である師匠の術が、どうして解けたのかは分からない。だが、急に俺への態度を変えたのはそれが原因としか考えられない。

「だから、俺のせいだ」

ゆっくりと深い水底に沈んでいくように、俺は暗闇の中を落ちていく。

「エイルを死なせたのも、ライトが俺を憎むのも、俺がギルドを追われたのも……」

全て、全て、俺のせいなのだ。

「……きて」

その時、声と共に暗闇に光が差した。

「起きて、ブライ」

ひどく懐かしい声だ。

別にそれほど長い時間、聞いていなかったわけではないのに。

「早く、起きないといたずらするよ～？」

その呑気な声に誘われるまま、俺はゆっくりと意識を取り戻していくのであった。

＊

「ブライ、いくらここが気持ちいいからって、ぐっすり眠ったら危ないよ？」

「ん、あ……？　エスト？」

「そうだよ。まだ、温泉体験の途中なんだから、ほら早く起きて」

いや、待てよ。

「どうして、エストがここに⁉」

俺は慌てて自分の大事な部分を隠す。

「どうして、下を隠すの？　水着着てるんだから大丈夫でしょ」

「水……着？」

「完全に寝ぼけてるね。露天エリアは家族連れでも楽しめるように混浴にして、水着着用を義務にするって話だったでしょ？」

「あぁ……そうだったっけな……って、だからって男湯に入ってきていいわけないだろう」

混浴が許されているのは、あくまでも露天エリアに限られているので、その手前の浴場については完全に男女で分けられている。

いくら俺しかいないとはいえ、そんなところに年頃の女子が入ってくるものではない。

「だ、だって、ブライが全然出てこないから。なにかあったのかと思って……私だって恥ずかしかったんだから」

そう言って、エストが顔を赤らめた。

「ちょっと待て……俺、どれくらい寝てたんだ？」

「一時間ぐらい……？　結構、長いこと入ってたと思うけど。だいぶ疲れが溜まってたんだね」

「そうみたいだな。完全に油断した」

「夜にいつも抜け出してるみたいだけど、そのせいなの？」

まさか、見られていたのか。

「ブライが夜遊び……ってのは考えられないし。もしかして辻斬りを探してた？」

「……そうだ。アルバート氏が、事業の邪魔となる新しい温泉街を潰しにかかる可能性もゼロじゃないからな。温泉街とノーザンライトをアリシアさんと手分けして見回りしていた」

「言ってくれれば手伝ったのに」

「エストやユキさんにはサービスや施設のアイディア出し、レオナには魔導具の研究を任せてるし、ラピスなんかはあれでデザインのセンスがあるから、施設の外観を整えてもらったりしてる。だが俺は【ログインボーナス】の機能は貸し出せても、そういうのには向いてないから適材適所だろ」

「だからって、あんまり無茶しないでよ」

「分かってる。今日はゆっくり休むさ」

俺だって寝ないで平気なわけじゃない。休める時に休んでおくとしよう。

「それで、どうだったの成果は？」

「……増えた」

「増えた？」

ここ数日、見回ったところ、移転先の温泉街で誰かが襲われるようなことはなかったものの、ノーザンライトでの被害が増大していた。俺は、そのことについてエストに話す。

「温泉街からみんな撤退したのに収まるどころか、被害者が増えてるなんて……」

「街の方は夜間の外出禁止令が出されている。街の人達もかなり怯《おび》えている感じだったな」

正直、深刻な状況だろう。騎士団達も成果をあげられていないようだし。

「まあ、暗い話はこのあたりにしておこう。次は露天エリアへいくぞ」

「待って、ブライ。その前に……」

エストはどこからか持ってきたグラスを差し出す。

「水分補給をしっかりしないとだめだよ」

「おっ、これは天然水じゃないか」

俺達が見つけた地下水の中には、飲用に向いたほどよい天然水もあった。温泉での熱中症が怖いため、この浴場では適度に水分が補給出来るように、各所に水が引かれている。

「本当に、エストは気が利くな」

「へへ、だよね～。自分でもそう思ってたんだ」

「すぐ、調子に乗るなぁ……」


露天エリアで、レオナとラピスの二人と合流し、俺達は景色を眺めていた。

エストがさっき俺が眠っていたことについて切り出す。

「それで、どんな夢を見てたの？　楽しい夢？　怖い夢？　それともいやらしい夢かな～？」

「エストは、時々ノリがおじさんみたいになるわね」

レオナは少し冷めた目をしている。

「そ、そそ、そんなことないよ。普通だよ!!」

「それで、どんな夢を見ていたんですか？」

エストがふざけた尋ね方をしたのではぐらかそうと思ったが、ラピスに言われると、なんだかちゃんと答えなきゃいけない気がしてくる。

「……まあ、なんだ。懐かしい夢だよ。俺が駆け出しの冒険者だった頃の、まだライト達とパーティを組んでた頃のな」

俺は先ほど見た夢をかいつまんで説明する。後半の嫌な部分は省略して。

「……ブライはその頃が恋しいの？」

「恋しいって……昔の話だ。今さらもう戻れないしな」

「でも、さっきは、懐かしそうというか、寂しそうな表情を浮かべてたように見えたよ」

エストは他人の感情の機微に聡《さと》い。確かに、そういった感情を抱いていたのは事実だが、見事に見抜かれていたとは。

「……そうだな。寂しくないと言えば嘘になるな。気付いたら、俺達の関係は破綻《はたん》していた」

転機があるとしたら、俺とライト達の実力が開き始めたあたりか。ライトはあの頃には、エイルとのことを思い出していたのかもしれない。ライトに師匠の術が解けるとも思えないが、そうでもなければ説明がつかない。【月夜の猫】に入った後も、しばらくはうまくやっていたはずなのだから。

「まあ、一つ言えるのは、もう俺達の関係が元に戻ることはないだろうってことだ」

「ブライ……」

「それよりも、話を変えよう」

この話はあまり楽しくない。どうにもならないことをあれこれ語っても、気疲れが溜まるだけだ。

「例えば、この景観、よく見てみろよ」

今、俺達がいる露天エリアは、屋外に築かれた、オウカ風の庭園と居心地のよさをテーマにした場所だ。四方を取り囲むのは、瓦《かわら》と呼ばれる独特な石材を用いた屋根が特徴的なオウカ風の回廊と、角に置かれた四つの天守《てんしゅ》と呼ばれる建物だ。

「あんな建物、見たことがない。威風堂々《いふうどうどう》としていて、それでいて奥ゆかしい美しさを誇っている。それに湯と調和した庭園も最高だ」

低い石塁《せきるい》に囲まれた巨大な露天風呂の中に、いくつかの島のようなものが築かれており、その間を、鮮やかな朱色に染め上げられたアーチ状の橋が結んでいる。そして、そんな、オウカの美の粋を集めたような庭園を、温かな橙《だいだい》の光を放つ行燈《あんどん》と呼ばれる照明器具が彩っていた。

全ては、オウカから遥々《はるばる》やってきた職人達の手によるものだ。

「本当にすごいよね。こんなに心が洗われるような光景見たことないもん」

「ええ、ずっとこうして温泉に浸かっていたいですね」

「そうね。それにちょうど最高のタイミングだったみたい。ほら見て」

レオナに促されて、遠くへ目をやる。雄大なルヴェルソル湾に夕日が沈みかけ、庭園を照らしていた。あかね色に光る夕焼けと、ゆっくりと迫ってくる夜の闇が溶け合って出来た紺青《こんじょう》の雲間を見つめながら、俺は達成感に胸を躍らせる。

「それじゃあ、私はそろそろ上がろうかしら。あなた達は？」

「私も付いていきます。あまり長湯しても身体に悪いですから」

「あなた達は？」

レオナに誘われたが、俺はまだ名残惜しかった。

「俺はもう少しいる。こんな絶景、そうお目にかかれるもんじゃない」

「私も、もう少し見ていたいかな」

「うん、わかった」

そう言って、レオナとラピスは湯から上がっていく。

「……正直、最初は絶対に出来るわけないと思ってた」

エストの記憶だけを頼りに、なんの知識もない状態からレジャー施設を作る。あまりにも無謀なミッションだった。しかし、いつの間にか多くの協力者を得て、こんな風に美しい空中庭園まで築き上げていた。数ヶ月前には想像も出来なかっただろう。

「……実を言うと、私もそう思ってた。でも、ブライとシエルちゃんはもちろんだし、みんなのお陰かな。ふふ。昔、見た光景よりもずっと綺麗」

エストが昔を懐かしむように、目を細めた。

「……ありがとう、ブライ」

そっと、呟く声がした。

「本当は、私の寂しさが紛れるように、スパリゾート作りに協力してくれたんだよね」

「一体、なんのことだ」

「もう、私の知ってるものは、ほとんどこの世界に残ってないから。だからブライは……」

「……たとえ、そうだとしても、そんなの自己満足だ。どんなに力を尽くしても過去は戻ってこない。たとえエストの言う通りだとしても、これは俺の自己満足でしかない」

「そんなことない。どんなに過去が遠くへ行ってしまっても、記憶が薄れていっても、思い出と一緒に刻まれたこの想いは何度でも蘇るよ」

そう言ってエストは、頬に掛かった髪をかき上げた。

「少し、昔を思い出して寂しくなったりもするけど、でも……それでも昔を忘れて私の中からなくなっていくよりはずっといい。だから……ありがとう」

「……ああ」

＊

「みんな、今日までありがとう。無謀な計画だったが、みんなの協力のお陰で、なんとかスパリゾートが完成した。源泉探し、オウカ風建築や魔導具、上質なサービスと食事を提供するための様々な研究と、実際にやってみると、温泉施設を作るのがどれだけ大変か身に染みた。だが、みんなが妥協せず頑張ってくれたお陰で、ついにオープンを明日に迎えることが出来た」

料理人達の技術の粋を集めた、最高の料理やデザートが提供される食堂。レジャーに来た客の心を躍らせる、珍しい温浴施設とプールの数々。遊び疲れた客達を温かく迎える、大小様々なホテル。そして、ノーザンライトと北のトレガノン城塞、このルヴェルソル一帯を張り巡らす、《古代遺物《アーティファクト》》によって生成された鉄道網。それらが合わさって、これまでにないリゾートが出来上がった（ついでにエドの別荘は、少し離れた場所に再建された）。

噂をノーザンライト中に流したお陰で、スパリゾートオープン前だというのに、新温泉街には既に観光客が押し寄せ始め、各ホテルは嬉しい悲鳴を上げている。

とはいえ、それは辻斬り騒動から逃れるためという需要なのかもしれないが。

オープン前日のちょっとした決起集会の中、みんなへのお礼を述べた俺は、壇上から下りていつもの仲間の元へ戻る。

「これでアルカディアホテルを叩きのめすっていう、目的は達成出来そうだな」

「うんうん。温泉街の人達の苦境も救うことが出来たし上々だね」

今回の発起人たるエストがにこやかに頷く。エイレーンの村の人達も、ここと村を一瞬で結ぶ鉄道を利用して、早速スパリゾートを利用しているようだ。レオナも飲み物片手に満足そうだ。

「これで当初の目的は全部果たしたって感じかしら」

「そうだな……」

「どうしたの？　まだなにか気になることがあるのかしら？」

そう。スパリゾート建設という計画自体は大成功と言っていいだろう。

しかし、まだ懸念事項は残っていた。

「辻斬りだ。結局あれ以来、捕まっていない。犯行も続いている」

「それって、温泉街から人を追い出すために、アルバートが仕組んだって話じゃなかったかしら？」

「ああ、そういう推測だったんだが……」

そう考えると一つ、妙なことがある。

「辻斬りはまだ終わってない。それどころか被害が増え始めて、夜間の外出禁止令も出された。連日連夜、騎士団が捜索しているが成果はないどころか、死傷者も出てるらしい」

「そんな……」

計画を悟られないように、俺達が温泉街を去ったタイミングと犯行がやむタイミングをずらしている可能性も考えられたが、それにしてはやることが過激というか過剰な気がする。

「アルバート氏の思惑を置いても、この街が襲われる可能性は十分考えられる。だが、スパリゾートオープン早々に、そんな事件を起こされたら商売あがったりだ」

「では、ブライ様には、なにか案はあるのでしょうか？」

ユキさんに問われ、俺は頷いた。

「ああ。まずは強力な助っ人に協力を要請する」

＊

「フハハハ、なんとも風雅なことじゃないか、ブライくん」

「ああ、まさかノーザンライトにこんな心躍るもんを作るなんてな」

いよいよ迎えたオープン当日、俺はエドとガルシアと一緒に温泉に入っていた。空中庭園は既に賑《にぎ》わいを見せており、俺達はそこの隅にあるジェットバスで横になっていた。

「屈強な男達に挟まれてジェットバスか。暑苦しい絵面だな」

「そう言うな。男同士でつるむと、それはそれで落ち着かねえか？」

「まあ、それは否定しない。ジェットバスも気持ちいいしな」

レオナが開発した魔導具によって、この浴槽では気泡が勢いよく噴き出される。それが腰や足を刺激していき、大変に気持ちがいい。

「うむ、書類仕事で溜まった凝りがほぐされていくようだ」

「これなら、お前から頼まれた依頼も十分に果たせそうだぜ。前にもらった竜の心臓分の働きはしねぇとな」

ガルシアと〝冒険者〟エドの二人は今回呼んだ助っ人だ。二人ともスパリゾートの利用料をただにしてくれるのなら、是非とも協力すると言ってくれた。エドは王様なんだから払ってくれと思ったが、冒険者への依頼料としては破格なので、即座に契約を結んだ。

「それじゃあ二人とも頼んだ。なにか不審な動きをしている人を見掛けたら、すぐ連絡をくれ」

「おう」


空中庭園の見回りを終え、俺がやってきたのはプールだ。

この国にあるプールのほとんどは、貴族や商人達が自身の屋敷に造成したプライベートなものだ。こうして、市民に開かれた水泳施設というのは極めて珍しいだろう。

「しかし、随分と広いな」

ここのテーマは水の都だ。

黄色、橙、赤、水色など、色とりどりの建物が並ぶ、実際の港町をイメージした空間。一部の建物は飲食店や物販店になっていて、実際に食事やショッピングを楽しめるようにもなっている。

「そして、移動はこいつでってわけか」

このプールの目玉の一つ、流れるプールだ。巨大な施設の外周に沿うように繋がれた円形のプールに、吸水口と出水口が各所に取り付けられて、川のような水流を生み出している。このプールは水路のように園内に張り巡らされているため、利用者はこの流れに乗って様々な場所へ移動出来るとのことだ。俺も自ら体験すべく、早速流されてみる。

「結構、人が集まってるなあ」

かなり広いプールなので、もう少し閑散とするかと思ったが、それなりに集まっている印象だ。ノーザンライトはかなり人口の多い都市ではあるが、それでもこんなに賑わうとは思わなかった。

「ブーラーイー、もしかしてこの辺りの見回り？」

ゆらゆらと流れに揺られていると、聞き慣れた声が後ろから響いてきた。

「その声はエストに……って、シエルとラピスもいたのか」

「あたりー」

振り返ると、シエルは浮き輪の上にふんぞり返って座っており、エストとラピスはそれに付き添うように揺られていた。

「ブライの作った、プールすごい。感謝感謝」

「もう一時間ぐらい、こうして流されるがままです。かなり、気に入ったみたいですね」

「こうしてみると、シエルも普通の子どもって感じだよね」

「子どもじゃないと返したいところだけど、確かに私の精神年齢は幼子とあまり変わらない。未知の体験に対して胸を躍らせている」

「そうか。楽しそうでなによりだ」

今の姿になる前は、無機質で大人びた雰囲気だと思っていたが、今は見た目相応の無邪気さだ。

「そうそう、ブライ。ブライが探してるっていうその人、なにか嫌な感じがする」

その人って……辻斬りのことを言っているのか？

「嫌な感じってどういうことだ？」

「わかんない。でも、気を付けた方がいい。いざとなったら力を貸す。私はブライと一心同体だから、呼んでくれたらいつでもスキルを使うことが出来る」

そういえば、シエルが現れてからも【ログインボーナス】は普通に使えていたな。

「わかった。なにかあったら頼らせてもらおう」


昼、十二時頃。俺は腹ごしらえにと中央棟の食堂を訪れていた。

「ふふ、とても美味しいですよ。ブライ様」

偶然にもユキさんと遭遇し、俺達は一緒に食事をすることとなった。

「確か、ラーメンっていうんだったな。それもオウカの名物料理なのか？」

「発祥《はっしょう》は別ですけど、この食堂で提供されている形にしたのはそうかもしれませんね。ブライ様もぜひお召し上がりください」

程なくして、俺の元へと器が運ばれてきた。エルセリアではほとんど見ない、深く大きな器だ。

確かどんぶりと言うらしい。黄金色に輝くスープにパスタよりも細くちぢれた麺が沈められ、その上に薄く切られた豚肉や、タケノコを発酵させたもの、ゆで卵、そして見たことのない不思議なう

ずまきの模様の付いた食材が浮かべられている。

「これでも箸《はし》の扱いには慣れている。堪能させてもらうとしよう」

まずはレンゲと呼ばれる独特な形のスプーンでスープをひとすくい。

「ん……これは……」

口に含んだ瞬間に分かる。これはただのスープではない。

「鶏ガラと香味野菜を煮込んで作るブイヨンと呼ばれる出汁《だし》がある。長時間煮込むことで食材の持つうま味を抽出した、スープ料理のベースとなるものだ。これは……文化は違えど同じ発想で作られているものと見た」

俺はこのスープの奥に秘められた味を考察していく。舌は人間の身体の中でも極めて繊細な感覚器だ。俺はその舌先に全神経を集中させる。

「これは、昆布《こんぶ》や貝だな。そして、魚の風味だが……一種類じゃない。恐らく、様々な魚の持つ風味が混ぜ合わさっているのだろう。そして、鶏ガラと掛け合わせることで、絶妙なコクとうま味を醸し出しているな。醤油との相性も最高で、なんて優しく、心温まる味なんだ」

間違いない。これは至高の一品だ。その至高の先を目指して、俺は麺へと箸を伸ばす。

「確か、ズズッと音を立てて吸い上げるのがオウカ流だったな？」

「エルセリアでは憚《はばか》られる食べ方なので、そこまで拘《こだわ》らなくても大丈夫ですよ」

そういえば、ユキさんもこれといって音を立てることなく麺をすすっている。

それにしても、長い髪をかき上げながら麺を食べるその所作、とても美しいものだ。きっと、オウカ独特の洗練された食の技法なのだろう。

「俺もユキさんを見習うか」

俺は髪の代わりにもみあげをかき上げて、麺をすすり上げる。

うまい……パスタとは全く異なるのど越しと風味を持つ麺に、スープが絡んでこれまでにない味わいとなっている。これは、間違いない。流行《はや》る。これをベースに様々な料理人が独自の味わいを研究して、ラーメンの群雄割拠《ぐんゆうかっきょ》の時代が訪れることだろう。

「あの……ブライ様、私の所作を真似されると、とても恥ずかしいのですが？」

「これが、オウカのスタイルじゃないのか？」

「いいえ、髪の毛が掛かって食べづらいのでやっているだけです……」

「そうか……」

完全に俺の早とちりであった。

「ごちそうさまでした」

やがて、器の中が空になる。スープの一滴も残すまいと完飲してしまった。

初めて食べたが、これは中毒になる味わいだ。

「とても美味しかったよ。紹介してくれて、ありがとう」

「いえいえ、レシピを提供した甲斐《かい》がありました」

「これ、ユキさんが？」

「はい。観光客の方があっと驚くメニューをとのことでしたので、母のレシピを再現してみました」

なるほど。一子相伝《いっしそうでん》の味というわけか。俺はラーメンの余韻《よいん》に浸りながらひと息つく。

「ブライ様、ありがとうございました」

「ん？」

「父のことです。ブライ様のお陰で無事に回復の兆しを見せました」

「本当か？　それは良かった」

シエルが用意した薬が効いたようで良かった。街にはニコルさん以外にも、辻斬りの被害を受けた人もいる。エドに頼んで、薬を流通させた方がいいかもしれない。

「ブライ様には本当に感謝してもしきれません。温泉街のことだってブライ様がいなかったら……私、どんなお礼でもします。なにかして欲しいことはございませんか？」

「して欲しいことか……」

最近も似たようなことを誰かに、というかエドに言われた。ぶっちゃけ、すべてシエルのお陰のような気もするが。

「折角だが、急には……って、そうだ。一つ気になってたことはあったな。『様』というのがどうにも堅苦しくてな。呼び方を変えてくれないか？」

エストも初めは様付けで呼んでいたが、くすぐったくてしょうがなかった。

「それってお礼という気がしませんけど……分かりました。ブライさんでよろしいですか？」

「まあ、構わない」

「でしたら、その……私からも一つ、私のことはユキと呼び捨てて欲しいです。他のみなさんは呼び捨てですし」

「他のみんなに比べたら大人びてるし、呼び捨ては微妙に抵抗があるんだが……分かった」

「あ……そうするとやっぱり、別にお願いを伺った方が良さそうですね。お背中をお流しするとか」

「するにしても別のお願いで頼むよ」


時間は午後三時、朝から施設内を見回ってきたが、今のところ異常はなさそうだ。そういうわけで俺は温泉街の方へとやって来ていた。

「自由な位置に列車を走らせられるって、とんでもない魔導具だよな」

スパリゾートはシエルの生成した《古代遺物《アーティファクト》》によって浮かぶ島の上に作られ、そこと沿岸部各地の間を、魔力で生成された列車が行き交っている。正直、デタラメな光景だ。

「シエル、お前は本当に不思議なやつだな。お陰で、とんでもないものが出来上がったよ」

列車の発着場から少し離れた丘の上に立ち、俺は自分達の作り上げたものに見入っていた。

「まさか、あのスキルがここまでのものを生み出すなんて、予想してませんでした」

「アリシアさんと……アグウェルカ？　お前もいたのか？」

狼のアグウェルカが顔を見せた。

『たまたまそこで出会ってな。ブライよ。依頼の通り、我が同胞がこの辺りを見回っているが、今のところは異常なしだ』

「そうか、ありがとうな。あとで贅沢な肉料理を振る舞うよ」

『うむ。人間達の編み出した調理法は我らにとっても至高の味わい。くれぐれもよろしく頼むぞ』

不思議なことに、アグウェルカとその仲間達は、調理された料理の方が美味しいと感じるらしく、特別食べられない食材もないことから、いつしか温泉街で提供される料理を好むようになっていた。

「それにしてもすごい発想ですね。この温泉街の警備と案内人を彼らに任せるなんて」

この温泉街の目玉の一つだ。以前、動物と言葉を交わすことの出来る《古代遺物《アーティファクト》》を手に入れたが、それは人にではなく狼達に付けても効果を発揮した。そのことを思い出した俺は、彼らに街の案内や警備を依頼したのだ。

『よもやこのような形で、人と我らの共存関係が復活するとはな。人の子の発想には恐れ入る』

「観光客にはおおむね受け入れられているみたいだな。まあ人語を解す狼なんだから、恐怖よりも興味の方が上回るんだろうな」

市街地の方を見ると、観光客達の周囲を見張って警戒する狼達の姿や、迷子らしき子どもを背に乗せて歩いている狼の姿が見られる。目論見《もくろみ》はうまくいったようだ。

『さて、私はここで失礼しよう』

「ああ。見回り、ありがとうな。夜も頼むよ」

『任されよ。それではアリシア殿、またいずれ』

アグウェルカは一礼するとその場を去って行った。

「夜……あの方も見回りをしてくださるのですね」

「人手が大いに越したことはないからな。それに、色々と考えていることもあるし」

「考えていることですか？」

「もし今日、辻斬りが現れるなら、確実に捕まえなきゃいけないからな。アグウェルカにはその協力をしてもらうつもりだ。詳細は話せないけど、アリシアさん達は見回りの方に力を尽くして欲しい」

「……分かりました。少し心配ですが、私は私の役割に全力を尽くしますね」

「よろしく」

その後、俺達は見回りがてら温泉街を歩くことにした。

元々、温泉街はオウカ風の旅館とよく見知ったホテルが混在する空間であった。それを完全に分けて温泉街を作り直すか悩んだが、様々な文化が渾然一体《こんぜんいったい》となった温泉街の雰囲気を再現するために、より混沌を極める形で新温泉街が作られた。

川の隣に敷かれたオウカ風の石畳、アーチ状の橋、瓦張りの塀で彩られた街並みに、礼拝堂やノーザンライト風のホテルが建ち並び、奇妙だがとても味のある空間に仕上がった。

「でも、アリシアさんと二人きりになれる機会があって良かったよ」

「え、ブ、ブライさん。それはどういう……？」

「ギルドを追われた時、アリシアさんに旅行を勧められてなかったら、今頃こんな風にここで楽しく過ごしてなかっただろうから、ずっとお礼を言いたかったんだ。本当にありがとう」

「そういうことですか。てっきり、私……」

「てっきり、私？」

「い、いえ、なんでもありません。とにかく、聖職者としてブライさんが良き方向に導かれて良かったです。少し、寂しい気もしますが」

ぼそりとアリシアさんが呟いた。

「確かにスノウウィングとここじゃ、少し距離があるからな。でも、アリシアさんがスノウウィングに戻ったら、時々顔を出すよ。アリシアさんは恩人なんだし」

「……寂しいというのは、そのことではないんですけどね」

そう言って、アリシアさんは悲しげな表情を浮かべた。まるでなにかを惜しむような。

「それって、どういう……？」

「……ライトさんはどうされていますか？」

アリシアさんから答えは返ってこず、代わりになぜかライトの近況を尋ねられた。

「ライト？　顔は合わせたがよくは分からんな。元気にやってそうではあったが」

「そうですか……お二人がいがみ合うような形になって、気がかりだったのですが」

「気持ちは嬉しいけど、俺らの問題だし、アリシアさんは気にしなくて大丈夫だ」

「……そうですね。私がどうこう言える話ではないですよね」

なんだろう。今日のアリシアさんは元気がないような。

「なにか、あったのか？」

「いえ。なんでもありません。少し、疲れが溜まっているのかもしれませんね」

「ここ最近、辻斬りの手がかりを追って、深夜に見回りしてたからなあ」

「ええ。ですが手がかりが掴めず、今日まで野放しにしてしまいました……」

聖教騎士といえば強者揃いだ。俺の方はというと、魔人を追い返したことで変に噂になっているようなので、辻斬りもそういった手合いを避けているのかもしれない。

「だが、今度こそ決着をつけよう。確かエドの計らいで、ノーザンライト騎士団もこのルヴェルソルの警護に就くんだっけか？」

「はい。今晩、到着する手はずとなっています」

そうなれば、人手も一気に増える。今度こそ、捕縛出来ればいいんだが。

「俺達の方でも見回りはするつもりだ。アリシアさんも大変だろうけど、夜の見回りはよろしく」

「はい。微力ですが全力を尽くします」

＊

夜も更ける頃、俺は温泉街の巡回へと出る。

もともと温泉街にあった建物をまるごと移設させた形になるので、この辺りはそれなりの広さと死角がある。そのため深夜は、仲間達総出で見回ることになった。

「さて、準備は整った。あとは網に掛かるのを待つだけだが。本当にいいのか？」

俺は側にいたエストに確認する。彼女とラピスのどちらを囮《おとり》にするか話し合った結果、遠くから弓で狙えるラピスは狙撃手、エストが囮ということになった。本当は俺が囮をやりたいところだが、相手が男の冒険者では辻斬りも襲ってこないだろう。

「大丈夫、いざとなればラピスちゃんとブライが助けてくれるでしょ」

まったく、随分と信頼されたものだ。なら、こちらもそれに応えなければ。

さて、話がまとまったところで俺達は温泉街を歩き始める。ある仕掛けをしているので、いずれは網に引っかかると思うが、今のところ不穏な気配は感じられない。

「あれ……あそこにいるのはリックさんとミレイさん？　それにもう一人側にいるのは……」

ラピスが、行燈の側に立つ人影に気付いた。リック達と見知った緑髪の男であった。

「レモンさんだよね……？　見掛けるの久しぶりかも」

エストの言う通り、しばらく姿を見ていなかったが、いつの間にか温泉街にやってきていたようだ。

「レモン、あなたレモンでしょう？」

見ると、ミレイがレモンさんを引き留めているような風に見える。

「さて、なんのことでござるか？　拙者はしがない植物学者でござるよ」

どうやら顔見知りらしいが、どういう関係なのだろうか。

「嘘です。父と私にあれほど尽くしてくれたあなたを、見間違えるはずがないでしょう？」

「そのふざけた格好は一体なんなんですか。騎士団は今、あなたがいないせいで大変なんですよ」

ふむ、どうしたものか。一応、見回りの報告は聞いておきたいのだが、彼らには俺達に明かしていない複雑な事情があるらしく、あまり立ち入るものではないようにも思う。

そうして思案していると、レモンさんがこちらに気付いてしまった。

「おっ、ブライ氏～。久しぶりでござるな～、レモンでござるよ～」

なんとも気の抜ける挨拶だ。一応、正体を隠すためのキャラ作りらしいが、もはやこっちの方が素なのではないだろうか。

さて、レモンさんと会ったのは、不死の魔人討伐の直前が最後であった。あの時は、アルバート氏に関する様々なヒントをもらったが、結局彼の背景については分からずじまいのままだ。

「ブライさん、すみません。巡回中なのに、話し込んでしまって」

リックが申し訳なさそうに頭を下げる。

「気にしなくていい。どうやら、なにか事情があるみたいだし」

「いやいや、この少年達とは今日初めて会ったので、赤の他人ですぞ」

「嘘です、レモン。というか今、レモンと名乗っていたでしょう」

ミレイの驚愕の発言に、俺は耳を疑った。

「え、レモンって本名だったのか……」

「気になるのはそこですか？」

ラピスが呆れたような表情を浮かべた。しかし、ずっと偽名だと思っていたのだから仕方ない。

「ともかく、拙者は他でもない植物オタク故、お嬢さんのようなやんごとない身分の知り合いなどいないでござる」

ふざけた口調だが、レモンさんは頑《かたく》なな姿勢だ。だが、リック達にとっても、なんとしてもこの機会を逃したくないという気概を感じる。

「……レモンさん。事情の知らない俺が立ち入っていいものか微妙だが、二人は随分とあんたのことを慕っているようだ。事情ぐらい話してやってもいいんじゃないか？」

「そうです。父が死んだあの日、なにがあったんですか？」

「ええ、ようやく見付けたんです。全て話してもらいますよ」

今回はリック達に助け船を出すことにした。レモンさんは少し恨めしそうな目で俺を見る。

「……分かった。だけどそれは、この暗闇に潜む凶手をどうにかしてからだ。リックも、ミレイ様もそれでよろしいでしょうか？」

「つまり、見回りに参加してくれるってことか？」

俺が聞くと、レモンさんが頷く。

「そういうことだ。むしろこれは、僕がどうにかしなきゃいけないことだからね」

「どういうことだ？」

「必ずあとで話すよ。だけど今は時間が惜しい。見回りを続けよう」

その後、辻斬りらしき男はあっさりと見つかった。

「そこの女、立ち止まれ」

屋根上に潜みながら、一人で歩くエストの後を追っていると、何者かが背後から迫ってきた。

「こんな夜更けに、一人でぶらぶらうろついてたんだ。なにされても文句ねえよな？」

フードの男は舌なめずりをしながら下卑た笑いを浮かべた。

「そ、そんな……き、騎士団の人は？」

「クク、来るわけねえだろう。みんな仲良くおねんねだよ。まあ、邪魔な冒険者共はまだうろついてるみたいだから、とっとと終わらせてやるがなあ!!」

直後、男が禍々しい魔力を帯びた剣を思い切り振り上げた。間違いない、あれは魔剣だ。俺はすぐさま剣を抜いて、それを止めようとするが、それよりも早く光の矢が男の肩を貫いた。

「ラピスか。正確な狙いだ」

同時に俺は男の前へと飛び出し、即座に魔剣を弾き飛ばすとエストを引き離した。

「怪我はないか？」

「全然、ありがとうね二人とも」

その後、エストが氷結魔法で男の手足を拘束し、長く続いた辻斬りの主犯はあっさりと捕まったのだ。

「やけに呆気なかったな」

正直、今の男の実力は大したものではなかった。

「そうだね。武器だけは立派だけど」

「とても、騎士団が手こずる相手とは思えなかったな」

他に仲間がいて数の暴力で押したのか、あるいはなにか奥の手を残しているのだろうか。

「クックック……ばかな奴らだ。この俺様がこんなあっさりと捕まるわけねえだろ」

予想通り、男はお似合いのセリフを吐きながら、事態は悪あがきの流れへと突入した。

「おら、テメエら、出番だ。相手は二人に狙撃手一人だが、俺らならやれんだろ!!」

いつの間にやら、俺達の周囲をフードの男達が取り囲んでいた。

「数はこいつを含めて五人か」

剣、槍、斧など……いずれも種類は違えど魔剣に分類される武器を握っている。

一撃でももらってしまえば、魔力を漏出させて不利になる。ここは一気に片を付けてしまおう。

「おっと、手はまだ残ってるぜ」

そう言って男は、エストの作った氷の戒《いまし》めを無理矢理に引きちぎった。

そして、うめき声をあげて苦しみ始めると、全身の筋肉がぼこぼこと音を立てて収縮と拡大を繰り返し始めた。他の男達も同様で、まるで異質な存在への変貌《へんぼう》を遂げようとしているかのようであった。

「なんだ……いったい、なにをしてる?」

嫌な予感がして、俺はエストを背にかばう。奥の手があるとは予想していたが、この様子は異常だ。

「クハハハハ、これこそが俺達の真の力よ。魔人に匹敵するほどのパワー、味わってみるがいい」

男達はあっという間に、異形に姿を変えていた。まるでトロールとオーガを融合させたかのような醜い巨躯《きょく》に、魔剣と一体化した右腕、魔人を名乗るに相応しい異様な姿であった。

「ブ、ブライ、大丈夫かな？」

「分からん。だが、なんとか切り抜けて、全員無力化しよう……みんな、頼んだ!!」

「おう、任せな!!」

野太い声と共に、辻斬りの一人が大戦斧で薙《な》ぎ払われ。

「バートレット卿、我々も加勢するとしよう」

「お任せを、陛下!!」

目映いばかりの輝きを放つ豪腕が炸裂し、嵐のように舞う蒼炎が敵を呑み込む。

「リック。ブライ殿に鍛えてもらった、その腕前見せてもらうよ」

「はい」

疾風よりなお速い一撃が駆け抜けると、旋風が巻き起こった。

「アグウェルカさん、一気に攻めましょう」

『任せよ』

狼の咆哮《ほうこう》と共に、氷の茨《いばら》が辻斬り達に絡みつくと、一人の聖教騎士がふわりと彼らの目の前に着地した。騎士は十字の形をした剣を鞘からゆっくりと抜くと、目の前の敵に振り下ろす。直後、溜めに溜められた光の霊子が大爆発を引き起こして、巨大な光の柱となった。

「は……？」

ガルシア、エド、クレアさん、レモンさんにリック、そしてアグウェルカとアリシアさん。

彼らは事前に俺が要請した助っ人達だ。尋常でない腕を持つ達人達の猛攻によって辻斬りの集団は一瞬で無力化され、最後の一人だけが取り残される形となった。

「ば、馬鹿な。今日の見回りはそこの冒険者と女二人だけのはずじゃ⁉」

彼が指しているのは、俺とエスト、ラピスの二人だろう。確かに、今日の巡回はその三人が参加すると、ノーザンライト騎士団に伝えていた。つまり、彼らの正体は。

「何人かはそうだと思ったが、まさか全員そうとはな……」

俺は目の前の男のフードを一瞬で切り裂き、その顔を白日の下にさらす。

「あれ、この人って前に見た……？」

「ノーザンライト騎士団、現団長のジーンだったか」

以前、一度だけ会ったことがある。頼りがいのある男性という雰囲気で、些細《ささい》な諍《いさか》いの仲裁《ちゅうさい》をしてくれた人物だが、まさかその彼が今回の凶行を行っていたとは。

「ジーン、やはり君だったんだね」

レモンさんが、ゆっくりと前に出る。

「レ、レモン……貴様、生きて……」

「いや、微妙なところだよ。前に君に盛られた毒のせいで、目もあんまり見えないし、身体を動かすのもだるいんだから」

「それで、あの剣筋だと……バケモノめ」

「本当のバケモノはどっちだい？　恩のある団長とミレイ様を裏切って、挙げ句の果てにそんな姿に成り下がって。さらには守るべき市民を手に掛けた」

レモンさんが細剣《レイピア》を取り出して、ジーンの首に突きつけた。

「かつての親友の不始末は、友である僕の手で片を付ける。おとなしく捕まってくれ」

「ふざけるな……死んでも貴様なんぞに……」

直後、ジーンは口から毒液のようなモノを吐き出して、レモンさんの視界を塞いだ。

「っ……」

「けっ、こんなバケモノ相手にするなんて分が悪すぎる。俺は逃げさせてもらうぜ」

そう言ってジーンは大きく跳び上がった。その身体能力を活かして逃げ切るつもりなのだろう。

「逃がすと思いますか」

しかし、その目論見はうまくいかなかった。

凜とした声が響いたかと思うと、月を背後に一人の女性が舞った。ラピスだ。

ラピスは青い瞳を神々しく輝かせると、正確無比《せいかくむひ》な狙撃で宙へ跳んだジーンを撃ち落とした。

「ナイスだ、ラピス!! みんな、すまないがもう一仕事頼まれてくれ。あとは奴を捕まえるだけだ」

俺達は即座にジーンを追いかける。

＊

「ハァッ……ハァッ……ど、どうしてこんな目に……」

温泉街の雅《みやび》な街並みを一人の異形が駆けていた。

多少の負傷はしているものの走るのに支障はなく、ノーザンライトを目指して必死に走っていた。

「まさか、あんな奴らが出てくるなんて聞いてねえよ!!」

ノーザンライトで暴虐を働き、多くの市民に恐怖を与えた者の尊厳など、既にそこにはなかった。

彼が散々襲ってきた市民達のように、彼は命からがら逃げ惑っているのだから。

「お待ちください」

そんな彼を、優しげな声が引き留めた。

「テメエは……」

「ようやく、尻尾《しっぽ》を掴めました。ジーンさん、あなただったんですね。父を斬ったのは」

「あいつはなにかと目障《めざわ》りだったからな。消えてもらえると、色々と都合が良かったんだよ」

「父の傷口を見てもしやと思いましたが、残念です。昔は私のことも可愛がってくださったのに……」

女性は下駄をカツカツと鳴らして、ゆっくりとジーンに近付いていく。

「けっ、馬鹿なお嬢様だ。所詮、テメエら家族は俺が成り上がるための便利な道具に過ぎねえよ。さて、そこをどいてもらおうか。まさか、騎士団長の俺相手に復讐《ふくしゅう》出来るなんて思ってねえだろうな!!」

ここでもたもたすれば、追っ手に追いつかれる。ジーンは目の前を跳び回るコバエを振り払うかのような感覚で、女性に剣を振るった。

「命までは取りませんが、一撃は一撃です」

「え……？」

直後、宵闇《よいやみ》を舞ったのは魔剣と一体化したおぞましい腕であった。

「幸い、父は無事に目を覚ましたので、ここで手打ちにいたします。おとなしく、罪を償ってください」

女性はそう言うと、優雅な所作で太刀を鞘に収めた。

＊

俺達が追いつくと、なぜかユキが辻斬りを捕らえていた。まさか、剣術の心得があるとは。

直後、遅れて到着したリックが声を上げる。

「ミレイ、いたぞ!!　これでやっと、団長の仇《かたき》が取れる」

リックは細剣《レイピア》を取り出すと、ジーンの喉元に突きつけた。俺は咄嗟にその肩を掴む。

「待て、なにをするつもりだ？」

「止めないでください、ブライさん。この人は僕とミレイがやる」

「ブライ殿、その男はミレイ様のお父上、騎士団の前団長を殺害した張本人なんだ」

さっきレモンさんが、その男が団長とミレイを裏切ったと言っていたが、そういうことだったのか。

「復讐か。気持ちは分からなくはないが」

リックが必死に強さを求めていた理由が分かった。

ミレイを守り、その父親を殺した人物に報いを与えるためだったというわけだ。

レモンさんは落ち着いたままリック達に問いかける。

「リック、僕は止めるつもりはないけど、ミレイ様の方はそれでいいのかい？」

「それは……」

ミレイが言葉を詰まらせた。

「……捕縛するだけにします。きっとその人をどうにかしても意味はないでしょうし」

「いいのか、ミレイこいつは……」

「実行したのはその人でも、指示した人は別にいるはずだから。その人を殺してしまえば、その手がかりを失うことになる」

「分かった……そういうことなら、ミレイの言う通りにしよう」

リックが剣をしまう。

「ブライさん、どうしましょうか」

「普通なら騎士団に預けるところだが、この様子じゃどうにも信用出来ないな……」

「ならば、私とアリシアさんに任せたまえ」

しばらく考えあぐねていると、エドが助け船を出した。

「私の権限で、聖教騎士団に身柄を預けるとしよう。なにやら魔人に変身するという妙な力も持っているようだし、むしろ適任ではないか？」

「ちょっと待ってください、ブライさん。その人は誰なんですか？　妙に暑苦しい雰囲気ですけど」

　エドと初対面のリックは、見るからに怪しんでいる。

「この国で一番偉い人だ」

「え……？」

＊

「今回もいろいろあったなあ」

　俺は冬の寒さですっかり冷えた身体を、湯に浸けて温める。

「本当にお疲れ様でした、ブライさん」

　涼やかな声で、ユキがねぎらいの言葉を掛けてくる。

　あの辻斬りの追走劇からしばらく経った頃、俺達は浮遊島にある山の頂上で温泉に浸かっていた。

　スパリゾートとは別に、オウカ風の庭園を築いて温泉を引いたのだ。エスト達とシエルに加えて、今回色々頑張ってくれたメンバーも連れてきた。エドにガルシア、クレアさん、リックとミレイ、それにレモンさんだ。

「それにしても絶景ですね。きっとこのあたりでは一番高いところにある温泉でしょうね」

「うんうん。スパリゾートの方だとゆっくり入れないからね。誰も来なそうな場所にもう一つ露天風呂を作るなんてナイスアイディアだよ」

　ここは観光客の立ち入りを封じた静かな場所だ。誰にも邪魔されることなく、ゆっくりと浸かることが出来る。

「でも、まさか、騎士団の人とユキちゃんのおじいさんがあんなことしてたなんて。ブライの作戦がハマって良かったね」

「まあ、ヒントはあったからな」

辻斬りは騎士団の巡回ルートに精通しているとレモンさんは言っていた。

だから俺は、騎士団に対して嘘の情報を伝達していた。俺とエストとラピスだけが巡回に参加するという情報と、偽の巡回ルートだ。

そして、事前に全ホテルに外出の禁止を通達し、わざと巡回が手薄なルートをエストに歩かせる。

そうすることで、辻斬りを炙《あぶ》り出そうとしたのだ。

「アルバート氏はもう逮捕されたのよね」

レオナの質問にアリシアさんが答えてくれる。

「ええ。罪状は領民虐待。ノーザンライト騎士団の一部を使って事件を起こさせたという指示書が見つかったので、我々聖教騎士団の方で身柄を預かっています」

ノーザンライト騎士団の不祥事《ふしょうじ》ということで、聖教騎士団が彼らとアルバート氏を逮捕する異例の事態に発展したわけだ。アリシアさんの仕事がどんどんと増えてしまうな。

「それで、レモンさんは最初から、騎士団の関係者を疑ってたんだよね」

「そうでござるよ、エスト氏。騎士団長……レナード・グレンヴィル様がジーンの卑劣な罠に掛かり、命を落とされたあの日、拙者も毒を盛られたのでござる。それが拙者に団長殺しの汚名を着せるための陰謀だと、すぐに気付いたでござる」

「あの時は、本当に色々あって頭が混乱しました。父の死の報せが届き、それを行ったのが、父の密命でしばらく姿を消していたレモンだという情報まで出て……」

「ああ、あの時ほど、師匠に怒りを抱いたことはなかった。俺達にはろくに事情も明かさず、冒険者ギルドを紹介するから、うまく身を隠せなんて手紙を寄越したんですよ⁉」

リックとミレイの怒りようは相当なようだ。なんというか、日頃の三人の関係性が垣間見えるようだ。

「それは申し訳なかったでござるよ。拙者も毒を盛られて、旧知の友を頼って治療に専念していたでござるよ」

「確かまだ後遺症があるのよね、レモン？」

「うむ。視力が低下して眼鏡頼り、身体を動かすのもおっくうでござる」

なんてことを言っているが、騎士団員を捕らえる時に披露した剣技は凄まじかった。本当に毒など効いているのかと疑問に思ってしまうほどだ。

「まあ、そんなこんなで姿を変え世を忍び、この村に潜伏していたでござる。もう一つ、使命もあったでござるしな」

「使命……レオナのことか」

「うむ。半年前に団長が亡くなられたことと、二年前のレオナ様のご両親の死は無関係ではないはずでござる。何者かがノーザンライトを支配するために画策した計画であろう。故に拙者は団長の命で、陰ながらレオナ様の護衛をしていたのでござるよ。その結果、団長を守ることが出来なかったのは痛恨の極みでござるが」

レモンさんは時折、レオナを気に掛ける素振りを見せていた。あの奇妙な洞窟の住処《すみか》も、かつてレオナが住んでいた小屋の近くという理由で選んだのだろう。

「私は全然、知らなかったんだけどね。でも、お陰で助かったわ」

「とんでもござらん。クロフォード卿は、今は亡きグレンヴィル団長の古いご友人でござったから、そのご息女をお守りするのは当然の使命でござる」

クロフォード、クロフォード、最近どこかでその名前を聞いたような。

「確か、クロフォードってノーザンライト魔導研究所を治める貴族の家の名前だったような」

「あら、よく知ってるわね。父はそこの所長兼、ノーザンライト市長だったの」

確かエドは、《北の回廊》の結界が切れた原因を調べるために、クロフォード卿を訪ねたいと言っていたが、なるほど、そこでそう繋がるのか。

「ふむ……バジル卿は既に亡くなられていたのか……お悔やみ申し上げる」

エドがそっと目を閉じて哀悼《あいとう》の意を示す。

「以前、お目通りが叶わなかったのも、そういった事情だったんですね……」

「エドとアリシアさんの様子を見るに、レオナのご両親の死は隠蔽《いんぺい》されていたってわけだな」

「ええ、そうよ。今も市民達はノーザンライトを運営しているのが、父だと思っている」

大体の事情を元から把握していた俺は納得だが、初耳の情報が多いエストは顔をしかめている。

「うーん、ごめん。ちょっと頭がこんがらがってきたんだけど、つまりレオナちゃんのご両親と、ミレイちゃんのお父様を死に追いやった本当に悪い人がいるってわけ？」

「まあ、ざっくり言えばそういうことだな」

「ちょっと待ってください、ブライさん。そうすると、お祖父様……アルバートはどう関係してくるのですか」

レオナの両親とミレイの父親の死、それとは別に騎士団員を操って、陰謀を巡らせていたのがアルバート氏だ。二つの事件に関連があるのかどうかは、取り調べで明らかになるだろう。

「騎士団員の身柄は聖教騎士団が預かってるんだよな。アリシアさん、なにか分かったことは？」

「それが……先日捕らえた騎士達は、記憶が混濁《こんだく》しているようで……ただ、ひたすらアルバート氏に指示されたと叫ぶばかりで」

「肝心の魔人化の力をどうやって手にしたかは分からないってことか」

「はい。その点は一切覚えていないようで、いつの間にか使えるようになっていたとしか……それに、魔人化もなぜか解けないので、拘留するにも一苦労といった感じで」

なんの理由もなく、あんな不気味な力を振るえるはずがない。魔剣にしても普通の騎士団で運用されるような武器ではないし、その流通経路も含めて謎ばかりだ。

「一つ俺が思うのは、正直に言ってアルバート氏に、そこまで大それた陰謀を巡らせるほどの気概というか、カリスマみたいなのが感じられないってことなんだよな。確かにアルバート氏が辻斬りを先導して利益を得ようとしたのはそうなんだろうが、だからといってグレンヴィル卿やレオナのご両親の死に関係しているというのは考えにくい気がして」

良くも悪くも、自分の欲に忠実な人物で、どこか小心者の彼が黒幕というのはなんだか妙だ。

「ふむ。確かに、ブライくんと同じように私も感じている。まだ、今回の事件の裏にはなにかがあるのだろう」

黒幕がいることもそうだが、《北の回廊》で結界が消失した理由もまだ分かっていない。

「確かに分からないことだらけだけど、ブライくん。一つ、忘れてない？」

「なんですか、クレアさん？」

「スパリゾート建設は無事に成功して、大盛況だってことだよ。あの不思議な列車のお陰で、うちの騎士達もゆっくりと休める場所が得られたし、今回君達が成したことも大きいと思うよ」

「フハハハハ。うむ、暗い話題ばかり続いたが、これほど立派なレジャー施設を作ってくれたんだ。きっとノーザンライトはますます発展していくだろう」

「クレアさんとエドの言う通りだ。おまけにこれだ」

俺は一粒一粒が丸々と育ったブドウを【ログインボーナス】で取り出した。

「レモンさんの協力で、これまでにない、甘味を凝縮させた至高のブドウが完成した。栽培期間はわずか一ヶ月、気候環境を問わないからエイレーンでも育つし、味も大変いい。エイレーン印のブランドでこれから売り出していくつもりだ。エイレーンの復興はほぼほぼ完璧と言えるだろう」

俺がこの地に残ったのは、魔族の被害を受けた村の復興のためだ。そしてその目的は、強固な防壁、スパリゾートという保養施設の完成、そしてエイレーンの特産品栽培の確立を経て達成された。

「ほう。お前さんがルーンを分けて欲しいって言ったのは、そいつを作るためだったのかよ」

「ああ。エイレーンの厳しい寒さにも耐える良質な果物と野菜、無事に完成して良かったよ。ありがとうな、ガルシア」

食料の安定供給という、当初の目的が達成されたのもガルシアの協力のお陰だ。

「そっか……エイレーンはこれで元通り。ううん、それ以上になったってことだよね……」

「うん？　ああ、その通りだが……」

いいニュースだというのに、なぜかエストとレオナ、ラピスの表情は暗かった。

「どうしたんだよ、みんな」

「ううん、この村の復興が終わったらブライ、スノウウィングに帰っちゃうのかなと思って。故郷なんだよね？」

「あ、ああ、なんだそういうことか」

てっきり、なにかやらかしたのかと思って心配になったが、エストの言葉を聞いて安心する。

「そ、そういうことってなんですか。私は嫌です、ブライがここからいなくなるなんて」

「そ、そうよ。あなたは私の護衛でもあるんだから、そう簡単に戻るなんて……」

ラピスとレオナが、なぜか俺を引き留め始めた。

「えーっと、私もブライさんともうお別れなんて、いやです」

「そうでござる。よく分からんでござるけど、お別れとなるのなら拙者いやですぞ」

ユキとレモンさんまで俺の説得に掛かる始末であった。

「待て待て待て。みんな落ち着いてくれ。スノウウィングは別に故郷じゃない。それなりの年月住んではいたが、帰るべき場所ってわけじゃないんだ。それに、ここは居心地がよくて里心も付いてきた。だから当分、俺はここで暮らすつもりだって」

そもそも、帰るなんて一言も言ってないのだ。

「なによ。それなら、紛らわしいこと言わないで欲しいんだけど」

「なにも言ってないけどな」

本当になにも言ってない。言ってないよな？

「うんうん。そうだよね。私達もう家族みたいなものだし、勝手に置いていくとかないよね」

「そうだな。手間の掛かる兄弟姉妹が増えたような感じだ」

「なにそれ。私、手間なんて掛からないでしょ？」

「ブライ氏、お兄ちゃんって呼んでいいでござるか？」

一人、恐ろしいことを言っている人がいるな？

「ふふ……ブライさん。本当に良い出会いに恵まれたんですね」

アリシアさんがそっと微笑んだ。

「ああ、アリシアさんのお陰だよ」

切っ掛けはアリシアさんだった。

彼女が俺に旅を勧めてくれなければ、こんな風に楽しく日々を過ごすことはなかったのだ。

「でも、もうブライさんはスノウウィングには戻ってこないんですね」

「アリシアさん……」

「す、すみません。私の任地は基本的にスノウウィングなので……つい詮《せん》のないことを言ってしまいました……」

確かに、それだけが少し心に引っかかる。ギルドにいた頃からアリシアさんには世話になっていた。俺がエイレーンに移り住んで、気軽に会えなくなるのは非常に寂しい。

「ふむ……そういうことなら、ノーザンライトに任地を変えれば良かろう」

突然、エドがなんてことないといった風に提案した。

「聖教騎士の国内での任地を決めるのはスノウウィングの教皇猊下《きょうこうげいか》と私だ。一連の事件を考えると人手は必要だろうし、アリシアくんの実力があれば適任だろう？　うむ、そうしよう。猊下には私が話を通しておこう」

「え、え？　そ、その……急にそんな……」

アリシアさんが困惑し始める。まあ、急に話がトントン拍子で進んでいけばそりゃそうだろうが。

「よく分からないけど、アリシアさんがノーザンライトにいてくれたらブライも嬉しいんじゃない？」

「そうだな。スノウウィングに一つ心残りがあるとすれば、アリシアさんのことだからな」

「ブ、ブライさんまで……そんな、私情で任地を変えていただくなんてさすがに……」

「アリシアくん。君は、普段からちゃんと仕事をしているのだからオールオッケーだ。多少、私情が挟まってても構わない。合理的な理由も私が用意したのだから、遠慮なく受けるといい」

「……わ、分かりました。それでは、陛下のご厚意、ありがたく賜《たまわ》ります」

そうして、俺達は静かな時間を過ごしていく。

俺は家族というモノがなにか、ちゃんとは理解していない。なんなら、それを持つ資格も俺にはないのかもしれない。だけど、どんな関係だっていい。エスト達やアリシアさんにユキ、レモンさんにエド達も入るか。今俺が手にしたこの繋がりを、今後も大事にしていければいいなと俺は思う。

ふと、エドが言った。

「こちらの方が楽しそうだし、私も遷都《せんと》しようかなと思うのだが……」

「それはやめておけ」

＊

薄暗い部屋の中で、フードを目深に被《かぶ》った男が微笑んでいた。

そこは、ノーザンライト魔導研究所の地下深くに築かれた、特別な者しか入れない実験棟だ。

「大したモノですねぇ。彼のスキル。今回は随分と引っかき回されてしまいましたよ」

男は目の前に横たえられた異形の生物に、片手をゆっくりと差し入れて、なにかをまさぐる動作を見せた。同時に、異形の者達が苦しみのあまり絶叫をあげる。

聖教騎士団に捕縛されているはずの、魔人と化した騎士達だ。彼らはどういうわけかこの実験棟に連れてこられ、この男――ペレアスの研究素体として扱われていた。

「別に構わん。魔人と魔族の脅威が、市民に知れ渡れば十分だ。それよりも、ペレアス。実験の成果はどうだった？」

そんな様子を意にも介さず、もう一人の男が尋ねた。随分と身なりの良さそうな格好をしている。どうやらかなり身分の高い者のようだ。

「見ての通りですよ」

ペレアスは顎《あご》を動かして、異形の生物――騎士達を指し示した。

「ある程度は、素体の素質に左右されるようですね。凡庸《ぼんよう》な者達では、凡庸な戦士しか作れませんでした。それでも、上級魔族ぐらいの力は得られるようですが。よっと」

続けて騎士の腹から赤黒いどろりとした物体を取り出し、それを観察するように眺め回す。

「まあ、それなりに成長はしたようですね。魔剣と一体化して随分と、魔力を吸い上げたようです。ただ、期待以上の成果は挙げられませんでしたね」

「問題ない。所詮《しょせん》は、謀略だけで成り上がった凡夫《ぼんぷ》だ。期待するだけ無駄というもの。それに必要なのはたった一人で戦況を変えうる英雄などではない。容易に替えが利いて、一定程度の質を保った兵士達だ」

「リチャード殿は実に合理的ですね。魔導工学を牽引《けんいん》する若きライバル達や、騎士団長を死に追いやったのもその合理性故ですか？」

ペレアスはニヤリと笑みを浮かべて、リチャードに尋ねる。

「余計な勘繰《かんぐ》りはするな。貴様の研究に資金や素体を融通してやってたのが誰か忘れるな」

「ええ、ええ。もちろん、リチャード殿には感謝しておりますよ。私ごとき禁術士にお力添えいただけるスポンサーは貴重ですからねぇ」

「あの愚か者共はなにも分かっていなかった。今の平和は薄氷の上に成り立っているに過ぎん。だからこそ、あの忌《い》まわしい魔族共を圧倒する力が必要だというのに。奴らは私への協力を拒んだ」

そう言ってリチャードは拳を強く握り込む。そこにあるのは強い使命感と怒りであった。

「分権的な統治機構の弊害ですね。他と違って、ここは共同統治の形をとっていますからねえ」

「まあいい。それよりも安全性はどうだった？　暴走の危険があれば、運用に安定性を欠く」

「クックック……」

リチャードの問いかけに、ペレアスは不敵な笑い声をあげた。

「そのことでしたら、とうに証明されていると言えましょう。あの取るに足らないアルバート氏が、一度はまんまと目論見を達したわけなのですから」

「なるほど、あの程度の男でも運用出来るのであれば、問題はないと？」

「ええ。なので実験は極めて順調でしたよ」

「……わかった。では、バジルの娘の方はどうなっている？　捜索を依頼したはずだが」

「ああ……残念ですが、今のところはなんの手がかりも掴めてませんね。よほどうまく身を隠しているようで」

「ふん。奴の研究成果はいち早く回収せねばならぬ。そちらも手抜かりなくやりたまえ」

そうして、リチャードは立ち去っていく。

「やれやれ、随分とせっかちなお方だ」

その背を見送ると、ペレアスはそっとため息をついた。

「話は済んだのか」

そして、リチャードと入れ替わるように金髪の男が現れた。ライトだ。

「おやおや、ライトさん？　よくここが分かりましたね。さすがは一流の冒険者なだけあります」

ライトの来訪はペレアスにとっても予想外らしく、その表情には驚きの色が混じっている。

「妙な男だとは思っていたが、まさかこんな非道な人体実験を行っていたとはな」

「お気に召しませんか？　ですが、全てはライトさんのためなのですよ？　ブライという男を倒すために、力を欲したのはライトさんではないですか？」

「それは……」

「だいたい、あなただって人倫《じんりん》にもとる行いをしてきたでしょう？　かつては兄と慕った相手に呪いを掛けて成長を阻害して、恋人まで奪って、散々に罵《ののし》ってギルドから追放したんでしょう？　私のことを責められるのですか？」

一体どこで知ったのか、ペレアスはライトの過去の所業を並べて糾弾《きゅうだん》する。

「黙れ!!　先に裏切ったのは奴だ。奴が俺にそうさせた!!」

「たかだか、女が一人死んだだけじゃないですか？　その程度のことで、そこまで恨まれるブライさんの方が気の毒ですよ」

「その程度のことだと……？　エイルは俺の全てだった。俺が初めて命を懸けて守りたいと思った人だった!!　それを貴様は愚弄《ぐろう》するのか!?」

ライトは激昂《げきこう》のあまりペレアスの首を掴み上げ、思い切り絞め上げた。

「かわいそうなライトさん。愛した人を失い、その恨みを晴らしたかと思えば、そのブライさんは新たな地で幸せな人生を送り、あなたは落ちぶれるばかり。なんとも惨めではありませんか」

「黙れ、黙れ!!」

怒り心頭のライトが更に強くペレアスの首を絞める。しかし、ペレアスはなんら苦しむ様子を見せず、ただただライトを哀れんで笑うばかりであった。

「ですが、すぐに解放して差し上げますよ。そのための実験だったのですから」

ふと、ペレアスの姿が霞《かすみ》のように消え去った。その直後――

「かはっ……」

ライトの腹部を、ペレアスの手刀が刺し貫いていた。

「き、きさ……ま……」

「あ、ああ……おいたわしや……おいたわしや。わ、私はなんということを……」

ペレアスは錯乱《さくらん》したようにゆっくりと右手を抜き去ると、付着した血を舐めながら慟哭《どうこく》した。

「でも、でも大丈夫です。すぐに痛みは消えます。さあ、こちらを」

「あ、あ……やめ……」

先ほど騎士の腹から取り出した物体、ペレアスはそれをライトの傷口にねじ込むように押し込めていく。必死に抵抗するライトを、その細身からは信じられない怪力で徐々に圧倒する。

「あが、うが……ガァアアアアアアア!!!!」

やがて、その物体がライトの体内に完全に収められる。その瞬間、全身を激痛が襲い、ライトが悶え苦しみ始める。

「お辛いでしょうね。さぞ、悲しいでしょうね。でも、大丈夫です。あと九つで終わりますから」

その後も、激痛に悶えるライトに、騎士達から抜き去った物体を次々とねじ込んでいく。哀れみと恍惚《こうこつ》の入り交じった複雑な表情を浮かべながら、ペレアスは作業を続けていく。

「あ、言い忘れていました。エ、エイ……エイナさん？　でしたっけ？　すみません。私、女性の名前を覚えるのが苦手で……それで、その彼女ですが、死に追いやったのはあなたですよ、ライトさん」

あっさりと言い放たれた言葉に、ライトは絶句する。

「この五年間、あなたは本当に役に立ってくださいました。私の望むようにブライさんを憎み、まんまと彼を追い詰めてくれた。ああ、それとセラさんでしたっけ？　彼女にも一応、感謝しなくては。孤児院上がりの卑しい女にしては、それなりに使い物になりました。散々、記憶をいじくり回したので、とっくに廃人《はいじん》になっているでしょうけど、まあそれは別にいいです」

「き、貴様は……なにを……？」

気を失うほどの激痛に耐えながら、ライトは必死にペレアスを問い詰める。

ペレアスの言葉は、それまでのライトの全てを否定しかねない言葉だったからだ。

「ライトさんは勘違いされていたようですね。ブライさんがエイナさん?を殺したわけじゃないですよ。私があなたを錯乱させて、殺させたんです」

「ど、どういうことだ……」

「まあ、勘違いさせたのは私なんですけどね。うまいこと記憶を操作して、ブライさんが殺したように思い込ませたんですよ。ですから、あなたの怒りや恨みはぜーんぶ、的外れなんですよ」

「あ……あ……」

徐々にライトの記憶が蘇る。いや、ペレアスが強制的に呼び起こさせているのだ。

鮮明にあの時の記憶が呼び起こされる。自分の意志はあるのに、自由に身体が動かせないもどかしさ。そして、ゆっくりと手に広がるエイルの血と肉の感触。

「俺が……俺がやったのか……？」

ずっと、ブライを憎んでいた。

ブライがエイルを死なせたのに。それにもかかわらず、ライトからその記憶を奪い、なにごともなかったかのように日々を過ごしていた。それが、心の底から許せなかった。ライトは奴の全てを奪ってやろうと考えた。

「違う……兄さんと師匠は……俺の心が壊れてしまわないように」

あのまま記憶を消していなければ、ライトは自責の念に押し潰されて自害していただろう。だからこそ、ブライ達はライトの記憶を消したのだ。

「全部……全部……お前が仕組んだことなのか……？」

「はい。全てはブライさんの潜在能力を更に解放するため」

「ふざけるなぁあああああ!!」

激昂したライトは激痛をはね除けて槍をペレアスの首へ突き出した。しかし、槍で首を貫かれたというのに、ペレアスは何事もなく会話を続ける。

「ああ、それにしてもなんでしょう。この気持ち？　これまであれだけ私のために働いてくれたのに、あなたは彼の最後の障害としてその命を懸けてくださるのですから。あなたの献身に、私の胸は張り裂けんばかりです。本当に……こんな気持ち初めてです……ですから、ありがとう。本当にありがとう、ライトさん。お礼に、必ずブライさんへの復讐を果たさせてあげますからね」

止まらぬ涙を拭《ぬぐ》いながらペレアスは、まるで子どもを慰めるようにライトの頬をそっと撫で、体内に赤黒い核を入れ続ける。

苦痛に喘《あえ》ぐライトの絶叫と、ペレアスの泣き声がいつまでも実験室に響き渡るのであった。

女神の加護を受けた貴族家三男の
勝手気ままな成り上がりファンタジー！

命を落とした青年が死後の世界で出会ったのは、異世界を統べる創造神!? 神の力で貴族の三男アルラインに転生した彼は、スローライフを送ろうと決意する。しかし、転生後も次々にやって来る神々に気に入られ、加護てんこ盛りにされたアルラインは、能力が高すぎて人外認定されてしまう。そこに、闇ギルドの暗殺者や王国転覆を企むおバカな貴族、神に逆らう悪魔まで登場し異世界ライフはめちゃくちゃに。——もう限界だ。僕を邪魔するやつは、全員断罪します! 神に愛されすぎた貴族家三男が、王国全土を巻き込む大騒動に立ち向かう!

◉定価：1320円（10%税込） ISBN 978-4-434-29622-2 ◉illustration：はま

辺境の貧乏貴族家に転生した少年・ウィン。彼は生まれながらにして自分だけの農場に出入りできる特別なスキルを持っていた。そんなウィンの家が治める領地は、塩害や砂漠化で作物が育たない不毛の地。しかし、彼の農場でとれた不思議な作物を植えると、領内の砂漠は瞬時に緑化し、食料事情はみるみる改善していく。ところが、他国と内通して魔法の力を行使したとのあらぬ疑いをかけられてしまい……

◉定価:1320円(10%税込)　ISBN 978-4-434-29624-6　◉illustration:LLLthika

この作品に対する皆様のご意見・ご感想をお待ちしております。
おハガキ・お手紙は以下の宛先にお送りください。

【宛先】
〒150-6008 東京都渋谷区恵比寿4-20-3 恵比寿ガーデンプレイスタワー 8F
（株）アルファポリス　書籍感想係

メールフォームでのご意見・ご感想は右のＱＲコードから、
あるいは以下のワードで検索をかけてください。

アルファポリス　書籍の感想　検索

ご感想はこちらから

本書はWebサイト「アルファポリス」（https://www.alphapolis.co.jp/）に投稿されたものを、
改題、改稿、加筆のうえ、書籍化したものです。

毎日《まいにち》もらえる追放特典《ついほうとくてん》でゆるゆる辺境《へんきょう》ライフ！２

水都 蓮（みなと れん）

2021年　12月　31日初版発行

編集ー矢澤達也・宮田可南子
編集長ー太田鉄平
発行者ー梶本雄介
発行所ー株式会社アルファポリス
〒150-6008 東京都渋谷区恵比寿4-20-3 恵比寿ガーデンプレイスタワー8F
TEL 03-6277-1601（営業）　03-6277-1602（編集）
URL https://www.alphapolis.co.jp/
発売元ー株式会社星雲社（共同出版社・流通責任出版社）
〒112-0005 東京都文京区水道1-3-30
TEL 03-3868-3275
装丁・本文イラストーえめらね
装丁デザインーAFTERGLOW
印刷ー図書印刷株式会社

価格はカバーに表示されてあります。
落丁乱丁の場合はアルファポリスまでご連絡ください。
送料は小社負担でお取り替えします。

ISBN978-4-434-29732-8 C0093